EL VERANO QUE VOLVIMOS A ALEGRANZA

MARÍA FERNÁNDEZ-MIRANDA

EL VERANO QUE VOLVIMOS A ALEGRANZA

PLAZA JANÉS

Papel certificado por el Forest Stewardship Council®

Primera edición: junio de 2021
Primera reimpresión: junio de 2021

© 2021, María Fernández-Miranda
© 2021, Penguin Random House Grupo Editorial, S.A.U.
Travessera de Gràcia, 47-49. 08021 Barcelona

Penguin Random House Grupo Editorial apoya la protección del *copyright*.
El *copyright* estimula la creatividad, defiende la diversidad en el ámbito de las ideas y el conocimiento, promueve la libre expresión y favorece una cultura viva. Gracias por comprar una edición autorizada de este libro y por respetar las leyes del *copyright* al no reproducir, escanear ni distribuir ninguna parte de esta obra por ningún medio sin permiso. Al hacerlo está respaldando a los autores y permitiendo que PRHGE continúe publicando libros para todos los lectores.
Diríjase a CEDRO (Centro Español de Derechos Reprográficos, http://www.cedro.org) si necesita fotocopiar o escanear algún fragmento de esta obra.

Printed in Spain – Impreso en España

ISBN: 978-84-01-02700-0
Depósito legal: B-6.573-2021

Compuesto en Pleca Digital, S. L. U.

Impreso en Black Print CPI Ibérica, S. L.
Sant Andreu de la Barca (Barcelona)

L027000

*Para Anina,
que supo de esta historia
asomada a la playa de Estaño*

Creo de verdad que las familias son instituciones perversas, pese a todos los argumentos que se esgrimen a favor de ellas... Incluso en las más inteligentes, como la nuestra, hay muchos vicios que parecen inevitables.

Vanessa Bell, en una carta
a su hermana Virginia Woolf
fechada el 26 de diciembre de 1909

PRIMERA PARTE

> Me sentía pesada y embotada y defraudada, como me siento siempre el día que sigue al de Navidad, como si lo que prometían las ramas de pino y las velas y los regalos con cintas plateadas y doradas y las fogatas de troncos de abedul y el pavo de Navidad y los villancicos al piano, fuera lo que fuese, no acabara de llegar nunca.
>
> Sylvia Plath, *La campana de cristal*

1

Sé que todos empezaron a gritar, pero yo oía sus voces apagadas, como si me hubiera tapado las orejas con ambas manos. Sin embargo, cada músculo de mi cuerpo se había quedado inmóvil, y no podía apartar la vista del cerco de vino tinto que impregnaba el mantel de hilo. Mi tía Constanza —mi dulce, buena y sonriente tía Constanza, mi madrina— acababa de acuchillar en el *office* a mi tía Valentina, su hermana mayor, y yo sólo podía concentrarme en resolver cómo limpiaría aquella maldita mancha de vino, porque ese mantel de la abuela formaba parte de mi herencia y me parecía tremendamente injusto que se fuera a echar a perder.

La mente, qué cosa tan extraña.

Y así fue como acabó nuestra cena de Nochebuena de 2018.

2

Supongo que fue entonces, en el momento en el que se produjeron los gritos, cuando dejamos de ser una familia normal. Aunque probablemente nunca lo habíamos sido, pero en aquel instante dejamos de aparentarlo.

Tengo recuerdos confusos de lo que sucedió después.

Lo que sí sé es que de repente estábamos en boca de todos. Ni siquiera el hecho de que el abuelo Tomás hubiera sido el fundador del periódico con más solera de la provincia nos libró de la humillación de aparecer en su primera página durante varios días seguidos. Me veía a mí misma en aquellas fotos, escondida tras unas gafas oscuras en el funeral que se celebró cinco días después en la catedral de Oviedo, y no era capaz de entender cómo había acabado formando parte de una situación tan estrambótica. Fue en esas páginas con olor a viejo de *El Norte* donde pude encajar las piezas de lo que había ocurrido, porque en mi cabeza sólo guardaba imágenes inconexas: los restos del volován de gambas esparcidos en mi plato, la silla del tío Evaristo cayendo al suelo mientras él se levantaba precipitadamente para correr hacia la cocina y, sobre todo, esa mancha de vino en el centro del mantel.

Los redactores de aquel diario que el abuelo había puesto en marcha a mediados del siglo pasado, ávidos por exprimir las historias cercanas, volcaron todos sus esfuerzos en servir el culebrón en bandeja a sus lectores, cosa que, por otro lado, yo misma hubiera hecho si en vez de trabajar en una revista de moda hubiese seguido la senda del periodismo a pie de calle. Incluso una infografía de nuestra cena de Nochebuena publicaron, como si fuéramos aves extrañas cuyo comportamiento hubiera que etiquetar. De ese modo, los ovetenses, aburridos en una ciudad que cada vez tenía menos fuelle, pudieron entretenerse analizando en qué orden nos habíamos sentado la noche de autos: en sendas cabeceras, tía Rita y tía Valentina; en un lateral, tía Constanza, siempre esquinada, junto al marido de Valentina, Evaristo; frente a ellos dos, mi prima Berta y yo.

Todos en el salón presidido por un cuadro que retrataba a los abuelos, Tomás y Covadonga, los patriarcas del clan De la Vega, quienes, por suerte para ellos, ya llevaban unos cuantos años criando malvas.

3

Al octavo día recibí una llamada de Álvaro. Era 1 de enero de 2019, las calles habían amanecido silenciosas, como conteniendo la respiración ante lo que estaba por llegar, y yo me encontraba viviendo el inicio de año más raro de toda mi existencia.

—¿Cómo estás?

Llegué a pensar que ya no llamaría.

Habían pasado seis meses desde nuestra ruptura. Después de sólo dos años casados, fui yo quien tomó aquella decisión que nadie entendió, ni siquiera yo misma. Fue un sábado de julio, de esas mañanas en las que Madrid se vuelve irrespirable por culpa del calor y la gente se arrastra por las calles en busca de una brisa que no brota de ninguna parte. Él me anunció que tenía que acercarse al despacho para resolver un asunto urgente y yo le advertí que cuando regresara no me encontraría en casa. A pesar de que a ninguno de los dos se nos había pasado esa especie de resaca que dejan las discusiones fuertes, pensó que mi aviso era un farol, acostumbrado como estaba ya por aquel entonces a mis salidas melodramáticas. Sin embargo, en cuanto cerró la puerta me levanté del sofá, cogí una maleta pequeña, metí en ella un par de vestidos, el cepillo de dientes y algo de ropa interior, me colgué el bolso en bandolera y me largué, sin apenas poder creerme que fuera capaz de hacerlo. Elegir el lugar en el que refugiarme constituyó la parte más sencilla de mi huida: la joven inquilina de mi piso de soltera acababa de dejarlo para regresar a casa de sus padres después de que no le renovaran el contrato que le había abierto las puertas a la independencia, de modo que me instalé allí, tras el balconcito con geranios y vistas a la plaza de Olavide. Al día siguiente mandé una pequeña furgoneta de mudanzas a la casa de Pozuelo que compartía con Álvaro para que recogiera el resto de mi ropa y mi colección de perfumes; por el momento no necesitaba nada más para sobrevivir.

De vuelta en mi antiguo piso del barrio de Chamberí me reencontré conmigo misma, con las cosas que siempre me habían reconfortado: las sillas pintadas de azul, la nevera con la puerta roja, la estantería hecha con mis propias manos durante una Semana Santa de tedio. Mi otra casa, la de decoración minimalista y colores neutros que había ocupado desde meses antes de casarme, era en realidad la casa de Álvaro y en ella resultaba imposible detectar un solo rasgo de mi personalidad. Si ni siquiera soportaba vivir a las afueras de Madrid... A pesar de lo aliviada que me sentí inicialmente al instalarme de nuevo en mis dominios, esperé que él viniera a buscarme, no sé si por orgullo o por amor o por miedo a cerrar una puerta para siempre. Aunque nuestros encontronazos eran cada vez más frecuentes y despiadados, nunca habíamos llegado a pronunciar, ninguno de los dos, la palabra «divorcio», como si así pudiéramos protegernos de los desenlaces definitivos, porque lo que no se dice en voz alta no existe. Asomada al balcón en aquel primer día de mi fuga matrimonial, practiqué el mismo juego de pensamiento mágico que llevaba ejercitando toda la vida, desde que era pequeña y buscaba pistas de lo que sería mi futuro escogiendo letras aleatorias de la etiqueta nutricional del ColaCao y luego juntándolas hasta que formaran una palabra que encerrara una señal. «Si ese pájaro se posa en aquella rama, Álvaro llamará al timbre», me dije esta vez. Y el pájaro salió volando hasta perderse de mi vista.

En la oficina no conté nada de mi repentino cambio de estado civil. Mis compañeras me habrían abrazado, así que preferí ahorrarme el contacto físico. Esa era una de las cosas que más odiaba de trabajar en una redacción enteramente integrada por mujeres: que siempre había contacto físico. Si era tu cumpleaños, te besaban; si volvías de vacaciones, te cogían del hombro y te acompañaban a prepararte un café; si recibías una mala noticia, te abrazaban. Trabajar en la redacción de una revista de moda era lo más parecido a vivir eternamente atrapada en un *high school* norteamericano. Por eso yo, celosa de mi intimidad, había seguido actuando como siempre, sin contar que mi marido había pasado a convertirse en mi ex.

Y ese ex estaba ahora al otro lado del teléfono.

Aunque traté de evitarlo con todas mis fuerzas, me eché a llorar.

—No entiendo qué ha pasado, Álvaro —acerté a decir entre hipidos—. Fue todo tan rápido... Estaba allí, pero no sabría explicarte cómo sucedió. Mi tía Constanza, tú la conoces, tan buena y pacífica, haciendo algo tan terrible...

Silencio al otro lado.

Si había algo que él no podía manejar, era el llanto ajeno. Le producía el mismo pudor que le supondría tener que ver a su propia madre desnuda. Álvaro podía afrontar los más graves conflictos laborales en el bufete de abogados del que era socio, pero le resultaba imposible ofrecer una respuesta empática a mis lágrimas.

Carraspeó y me lo supuse empujando hacia arriba la montura de sus gafas, que siempre se le deslizaban por la nariz.

—Bueno, Leandra, ya sabes que puedo ayudar a tu familia en cualquier cosa legal que necesitéis. ¿Quieres que vaya a Oviedo? Cojo el coche ahora mismo y en cuatro horas estoy allí. No me cuesta nada.

Cualquier cosa legal. Muy típico de él: las emociones bien atadas, no se fueran a desbocar. Todo lo contrario que yo, que las llevaba desbocadas de serie.

Siempre había oído que hay tres situaciones especialmente estresantes para el ser humano: una separación, una mudanza y el fallecimiento de alguien cercano. En mi caso, había ido pasando por todas ellas como si fueran las etapas de una gincana endemoniada, lo cual era aún más grave teniendo en cuenta mi carencia absoluta de inteligencia emocional, unida al gen de la locura que me acechaba, por vía materna, desde el día de mi nacimiento. Además, hacía meses que sentía que me faltaba el aire, y eso que yo misma consideraba una metáfora de mi momento vital se había materializado en algo físico.

—El diafragma es un músculo más y lo tienes bloqueado, de la misma manera que te aparecen contracturas en las cervicales por culpa del estrés —me había explicado mi fisioterapeuta.

Y ahora, mientras hablaba con Álvaro, mi cabeza me mostraba imágenes de mi diafragma cerrándose como una compuerta.

—No, no hace falta que vengas, quédate en Madrid. Gracias por llamar.

Y colgué.

4

Catorce días después de que mi tía Constanza hubiera acuchillado en el *office* a mi tía Valentina regresé a Madrid. Llegué en el último avión de la noche, con el frío metido en el cuerpo y una sensación de irrealidad que temía que fuera a acompañarme el resto de mi vida.

A la mañana siguiente me desperté sobresaltada, incapaz de calcular si había dormido durante horas o si apenas me había quedado traspuesta unos minutos. La casa estaba silenciosa y oscura. Estiré el brazo para palpar la mesilla de noche y asegurarme de que el blíster con ansiolíticos seguía ahí, preparado para socorrerme si dejaba de respirar. Volví a visualizar mi diafragma bloqueado al tener la certeza de que no había nadie junto a mí en la cama, pero tampoco en el salón, ni en la cocina, ni en el cuarto de baño. Nadie. Estaba sola porque yo lo había decidido así, pero el efecto que me provocaba esa soledad era muy parecido al que me invadía cada vez que tenía que hacer un viaje largo por carretera: la desazón, las ganas de vomitar, el mal cuerpo como de haber pasado la noche de copas.

Encendí la luz y me quedé contemplando el ventilador detenido, un hermoso aparato de madera y metal que nunca conectaba porque, en algún momento que no era capaz de recordar, había llegado a la conclusión de que existían altas probabilidades de que una de sus aspas se desprendiera y me rebanara el cuello.

Apoyé los pies sobre la madera templada y abandoné la cama. Subí la persiana: aún no había amanecido allá fuera. Volví a acercarme a las sábanas arrugadas para buscar el móvil, escondido debajo de la almohada, y consulté el reloj. Las cuatro. Me faltaban dos horas de sueño para llegar a las seis que permitían a mi cabeza funcionar con normalidad, pero qué le íbamos a hacer: tampoco es que mi trabajo requiriera de una mente prodigiosa, porque la fatuidad se había instalado en la revista y más valía, en los tiempos que corrían, ser mediocre que despuntar.

Al llegar al majestuoso edificio de la editorial en la que trabajaba desde hacía ocho años saludé a la recepcionista, una veinteañera pelirroja que solía llevar las uñas pintadas de colores flúor y la sonrisa perenne en el rostro, y subí andando los cuatro pisos que me separaban de la redacción. Se ubicaba en una planta luminosa, con grandes murales de portadas colgados de las paredes desde las cuales sonreían mujeres pluscuamperfectas gracias a su genética privilegiada y la valiosa ayuda de Photoshop. Resultaba paradójico que una compañía dedicada a vender belleza escondiera tanta fealdad dentro, que a pesar de comercializar sueños funcionara en la práctica como una eficaz trituradora de ilusiones. Pensé con nostalgia en lo mucho que me había inspirado mi trabajo en otros tiempos y casi me sorprendió darme cuenta, una vez más, del hastío que me causaba ahora saber que lo que hacía no servía para nada. Aunque seguramente el problema estaba dentro de mí y no en aquella empresa, porque así era como me sentía por aquel entonces en relación a mi vida en general: qué hago aquí, cuál es el fin de todo esto.

Mi vínculo con el periodismo había llegado a modo de romance intenso pero tardío. De adolescente yo quería ser Marie Curie, la primera mujer en ganar un Premio Nobel, aunque no era el Nobel lo que me atraía de la polaca sino su cualidad de *rara avis*, de persona que parece estar ocupando un lugar que no le pertenece, en su caso el de la ciencia del más alto nivel, que en su época era por supuesto un terreno limitado a los hombres. De manera que estudié Química y, meses después de terminar esa carrera con muy buenas notas, me matriculé en Periodismo porque yo aspiraba a ser como Marie, sí, pero también quería dar gusto al abuelo Tomás, que siempre había visto en mí a su sucesora natural en un oficio que él adoraba. Se lo debía: ¿acaso no había sido el abuelo quien se ocupó de que nada me faltara después e incluso antes de la muerte de mi madre? Lo que terminó de convencerme fue descubrir que madame Curie tenía talento para la escritura y hasta se llegó a plantear dedicarse a ello, pero finalmente optó por seguir los pasos de su padre, que había sido profesor de Física y Química. En el fondo no éramos tan diferentes, Marie y yo, con ese salto mortal de las letras a las ciencias o viceversa, y además tratando por el camino de que aquellos a los que respetábamos se sintieran orgullosos de nosotras. Así que una vez finalizada la carrera de Química me titulé en Periodismo en tiempo récord. Y aquí estaba ahora, convencida de que ni unos estudios ni los otros me habían llevado a ningún sitio más que al vacío absoluto, representado en aquella redacción donde había invertido tantas horas que de pronto se me antojaban estériles.

Me quedé parada en la puerta, oteando el panorama, y me permití unos segundos de tregua para disfrutar del runrún de las conversaciones y el sonido de los teclados, esa música de fondo que nunca había dejado de cautivarme. La directora salió presurosa de su despacho al verme, tambaleándose sobre sus Aquazzura con cuerdas atadas en esos tobillos tan delgados que parecían a punto de romperse. Según se acercaba a mí, fui percibiendo su inconfundible aroma a cítricos y nada más, ese tipo de perfume que eligen las personas que nunca se arriesgan. Advertí que su boca dibujaba un puchero, dando a entender que sentía muchísimo mi desgracia, más que nadie de todo el equipo, incluso más que yo misma y que cada uno de los miembros de mi familia y más que la muerta si me apuras, porque ella era la primera siempre para todo, la que más sufría, la que más se alegraba por lo que les ocurriera a los demás; la que hacía, en fin, que el universo girara guiándolo con sus manos de dedos afilados en los que brillaban los anillos de Bulgari y Boucheron. En la redacción circulaba la teoría malévola de que lo que le había llevado a su puesto era una capacidad innata para esquivar los conflictos. La cobardía como argumento en el currículum. Natalia Merino era de esas personas en cuyas tumbas habría que tallar la siguiente leyenda: «Ni una mala palabra, ni una buena acción».

—Leandra, qué bien tenerte de vuelta. ¿Cómo está tu familia?

—Pues teniendo en cuenta que una de mis tías se ha cargado a la otra, la verdad es que hemos tenido momentos mejores, Nat.

Así era como la llamábamos en el trabajo, Nat, un apelativo bobo e infantil que le debían de haber adjudicado de niña y del que ella nunca había logrado desprenderse, supongo que por pereza, a pesar de haber superado ya largamente los cincuenta. Justo lo opuesto a mí, que cargaba desde pequeña con un nombre de vieja, como si mi madre hubiera decidido depositar sobre mis hombros toda la sabiduría ante la vida que a ella le había faltado mientras estuvo en el mundo.

—¡El tiempo lo cura todo! —respondió la directora, como si la muerte o la locura fueran reversibles. Su habilidad para tener siempre a punto una frase inane era digna de admiración—. Oye, aprovechando que estás aquí, me gustaría encargarte una entrevista. Así te mantienes entretenida, ¿eh? Una entrevista a Audrey Olson. Estrena película y además la acaban de nombrar embajadora de una crema *antiaging*. Nos la ha ofrecido la marca que la ha fichado como imagen.

La marca. Fruto de la crisis económica que asolaba a los medios de comunicación, ya no escribíamos para lectoras, sino para marcas y algoritmos, algo que sin duda habría desaprobado mi querida Marie, a quien las dificultades nunca la llevaron a tomar atajos. Las más veteranas del oficio solían narrar la anécdota de una directora de revista de la vieja escuela que había rechazado una suculenta campaña de publicidad bajo el argumento de que las fotos, con una estética sexual demasiado explícita a su juicio, chocaban con la línea editorial de la cabecera, de corte conservador. Aquello debía de haber ocurrido en el Pleistoceno; ahora era inimaginable que pudiera suceder algo así, pues dependíamos tanto de la publicidad y los clics que habríamos publicado nuestro propio historial médico si eso nos hubiera garantizado algún ingreso extra. Lo que sí conservábamos intacto era nuestro privilegio de acumular en el cuarto de baño montones de cremas de trescientos euros que parecían un insulto al lado de nuestros exiguos sueldos. Las redactoras de revistas femeninas nos habíamos reencarnado en una versión actualizada de aquello que por lo visto dijo María Antonieta: «Pues si no tienen pan, que coman pasteles».

Aun con todo, el encargo que me estaba haciendo Natalia Merino podía tener su jugo, por lo que traté de enfocarlo desde un punto de vista positivo. La entrevista era mi género preferido; yo siempre había visto al entrevistador como una especie de psicoanalista que hace las preguntas oportunas para facilitar al que tiene enfrente que pueda llegar a sus propias respuestas, y disfrutaba mucho de ese poder consistente en escarbar con delicadeza en las mentes de otros hasta hallar un trozo de verdad.

—Audrey Olson me parece un personaje muy interesante, no es la típica actriz que no se ha leído un libro en su vida. Justamente el otro día subrayé en el periódico unas declaraciones suyas en las que cuestionaba las cuotas de género y defendía un modelo de feminismo que...

—Espera, espera, no te embales —me interrumpió mi

jefa, y agitó la mano, con gran tintineo de sus pulseras de eslabones dorados, para apartar una mosca imaginaria. Supuse que la mosca era yo misma, pero le faltaba valor para quitarme del medio con un manotazo—. Esta entrevista le ha dado muchos dolores de cabeza a Audrey y su agente nos ha exigido que nada de preguntas comprometidas, Leandra... Vamos a tener quince minutos. Por teléfono; el representante también estará conectado para seguir la conversación, no se te vaya a ir de las manos. Tiene que ser una entrevista amable, ya sabes. Pregúntale cuál es su rutina de belleza diaria, qué tipo de deporte hace, cosas así.

Lo decía con una voz tres tonos más baja que la del común de los mortales, arrastrando las palabras con desidia en un exasperante bisbiseo, porque ella nunca gritaba ni perdía los nervios. Hacía tiempo que yo había aprendido que no se puede confiar en las personas que no pierden los nervios, de la misma manera que no se puede confiar en quienes siempre logran aparcar el coche a la primera.

—Claro, Nat. Me muero de ganas de saber si Audrey Olson se aplica un tónico antes de la crema. ¿Quince minutos, dices? Me sobran trece.

Lo había vuelto a hacer. Mostrarme cáustica. Desmarcarme de lo políticamente correcto aun a sabiendas de que no serviría para otra cosa que para posicionarme a mí misma como un elemento incómodo en aquella empresa en la que nadie con ambición de llegar arriba decía lo que realmente pensaba, sino lo que convenía decir.

Al detectar las señales de conflicto, la directora y su perfume simplón se dieron media vuelta y volaron a esconderse en el despacho, una especie de urna de cristal con puerta corredera ubicada en medio de la redacción, como si en vez de una jefa tuviéramos una orquídea preservada en un invernadero a la que no convenía importunar más que para regarla. Yo me quedé con el resto de mis compañeras, que fueron apiñándose en torno a mí y me hacían preguntas absurdas como si había podido descansar durante mis vacaciones a pesar de todo. Hasta que llegó Marina Covarrubias a poner orden. La subdirectora, Marina Covarrubias, era la antítesis de Natalia Merino: si una hablaba como si estuviera dirigiendo una clase de yoga, la otra era gritona y chulesca.

—A trabajar, que tenemos un cierre.

No necesitó ni una palabra más para disgregarnos. Marina Covarrubias, con su olor a cenicero y su flequillo rozándole las pestañas, disfrutaba del dudoso don de hacer sentir mal a todo el que tuviera a su alrededor.

Obedecí, en el fondo agradecida por no tener que seguir departiendo con mis compañeras, y me senté delante del ordenador etiquetado con mi nombre y mi cargo: LEANDRA GUZMÁN DE LA VEGA, EDITORA DE BELLEZA. Al pinchar en el mail, la bandeja de entrada empezó a llenarse de mensajes sin leer; uno, dos, diez, veinte, cuarenta, cien, doscientos veinte, trescientos cincuenta, cuatrocientos setenta y cinco... Me asediaban las notas de prensa informando de los temas más variopintos, desde el maquillaje que había lucido una actriz en una entrega de premios hasta la última investigación sobre la alopecia. Qué plácidos debían de haber sido los tiempos del correo postal, pensé. Me pasé un buen rato separando lo importante de lo prescindible hasta que me topé con un mensaje que llevaba tiempo esperando y ya había dado por perdido: la directora de Comunicación de Odeur, compañía gala que fabricaba fragancias para las mejores marcas de lujo del mundo, me confirmaba que había aceptado mi propuesta de entrevistar a Jean-Luc Peltier, uno de sus maestros perfumistas más prestigiosos, casi un año después de mi solicitud. Me citaban en su centro de operaciones de Grasse —la localidad de la Provenza francesa conocida por haberse erigido como la capital de la perfumería— a principios de mayo, coincidiendo con la recolecta de la exquisita rosa que cada año florecía en esa zona. Una charla cara a cara con mi admirado Peltier, sin agentes de prensa dirigiendo la conversación, sin límite de tiempo, sin cuestionarios previos. Sin entrevistas amables.

Algo se encendió dentro de mí, como una guirnalda de bombillitas de Navidad que sacas del trastero pensando que ya no funcionará y, cuando la enchufas sin esperar que ocurra nada, de pronto vuelve a dar luz.

5

Me había pasado un mes evitando al tío Evaristo, ya que después de aquella infausta Nochebuena sólo le había visto fugazmente en el funeral, pero no podía posponer más el encuentro con él, convertido en viudo de una manera tan burda y que tan poco encajaba con un intelectual de su talla. Que su cuñada hubiera atacado a su mujer con un cuchillo de cocina provocándole la muerte era un hito que ya rechinaría para siempre en su hasta entonces impoluta biografía.

El tío Evaristo había sido en su juventud el catedrático de Derecho Civil más joven de España. Ahora, a pesar de que ya tenía edad suficiente para jubilarse, seguía dando conferencias en universidades de todo el mundo cuyos rectores le recibían mostrando el mismo arrobo que manifestaría hoy un adolescente si le presentaran a su cantante preferido de reguetón. La inteligencia del tío Evaristo era épica, hasta tal punto extrema que de algún modo había acabado aplastándole. O al menos esa era la conclusión a la que había llegado yo alguna vez en la que me dediqué a observarlo, sentado en el sofá de casa de los abuelos y rodeado por la cháchara incesante de las tías, aquellas hermanas tan diferentes entre sí que sin embargo hacían todo lo posible por estar casi siempre juntas, como si un imán las atrajera aun en contra de su voluntad. Tal vez esa dependencia se debía a lo próximas que habían estado desde la cuna, porque la abuela Covadonga era una mujer tan hecha a la antigua usanza que no sólo eligió para ellas nombres que parecían sacados de una novela romántica —Valentina, Celia, Rita y Constanza—, sino que además se las arregló para alumbrar a sus hijas siguiendo un calendario perfecto: las cuatro habían nacido en el mes de abril, con una diferencia de dos años entre cada una y la siguiente.

El caso es que el tío Evaristo llevaba décadas estando ahí, entre su mujer y sus cuñadas y el resto de las piezas secundarias que conformábamos la familia De la Vega, aunque en el fondo no estaba ahí, porque su mente vagaba por otros mundos mucho más elevados. Era como si cargase todo el peso de su vastísima cultura sobre la espalda y ese conocimiento tan abigarrado le alejase de todos, encerrándole en una burbuja de la que no podía salir y los demás no éramos capaces de entrar, lo cual le condenaba a vivir eternamente instalado en el estupor. Me costaba entender cómo había podido sostener un matrimonio de casi cuarenta años con la tía Valentina, que sin duda era una mujer lista, pero de una manera mucho más mundana, más de saber sacar adelante la farmacia que regentaba con diligencia en el centro de Madrid que de tener algún interés en plantearse los grandes interrogantes de la vida.

Al llegar al piso del tío Evaristo en el barrio de Salamanca, en uno de esos edificios madrileños que todavía conservan un ascensor antiguo con tirador dorado en las puertas y banco forrado de terciopelo rojo en su interior, me abrió la puerta la chica del servicio. Le encontré desayunando solo en la cocina, todavía con el pijama puesto y protegiéndose del frío con una chaqueta de color hoja seca que tenía las mangas dadas de sí. Pensé que su mujer habría desaprobado ese desajuste de horario y atuendo, pero como yo no era tan inflexible como la tía Valentina me conmovió verle mojando las galletas en el café con leche, igual que un niño remoloneando antes de ir al colegio. No tenía demasiada confianza con mi tío, porque resultaba muy difícil intimar con él, pero le quería mucho y sabía que ese sentimiento era mutuo. Me quedé apoyada en el marco de la puerta, sin saber qué decir.

—Hola, Leandra. ¿Quieres desayunar? —me saludó, y con esas palabras me estaba indicando que podíamos evitarnos las lamentaciones previas.

—En realidad ya he desayunado, son las doce y media. Pero sí, voy a ponerme un café, gracias.

Al abrir la alacena percibí el olor a las ramitas de lavanda con las que la tía Valentina perfumaba todos los armarios de la casa. Dentro de aquel me topé además con el orden intransigente que había instaurado en su vida y la de su marido. A un lado estaban los platos llanos; al otro, los hondos; en medio, los de postre; todos ellos colocados por colores. Las fuentes y las salseras reposaban sobre otra balda, ordenadas en línea descendente, de mayor a menor tamaño. Había un cesto específico para las cucharillas, mientras que los juegos de café estaban perfectamente compartimentados, sin que la pieza de uno pudiera siquiera soñar con mezclarse con la de otro. Tuve que ponerme de puntillas para alcanzar el azucarero; la tía Valentina había sido una mujer muy alta y eso quedaba patente en la organización de los armarios, tan incómoda para una persona con una estatura como la mía, por debajo de la media.

Me serví un café solo sin tomarme la molestia de calentarlo en el microondas. Estaba frío, lo cual indicaba que el tío Evaristo llevaba ya un buen rato dedicado a la tarea de desayunar. Con la taza entre las manos, me senté frente a él.

—Te estarás preguntando el porqué —dijo sin mirarme, con los ojos clavados en la galleta que se hundía irremediablemente en el líquido.

—¿Cómo?

—Te estarás preguntando el porqué —repitió—. El porqué de esta situación tan inesperada, de que tu tía haya tenido un comportamiento tan inapropiado con su propia hermana.

«Situación inesperada» y «comportamiento inapropiado» no eran las palabras que yo habría elegido precisamente para describir la tragedia a la que habíamos asistido durante la cena de Nochebuena, pero salté por encima de los eufemismos y respondí moviendo la cabeza de arriba abajo.

Entonces él alzó los ojos. Tuve tiempo de observar sus cejas de profesor viejo y esa mirada que se encontraba muy lejos de aquella cocina antes de que añadiera:

—Yo no sé qué es con exactitud, Leandra, pero algo ha estado planeando sobre esta familia desde siempre. ¿Acaso no lo has notado nunca? Esa calma tensa que flotaba en el ambiente, incluso en los momentos más felices... Algo así como una maldición. Creo que eso fue lo que mató primero a Celia, tu madre, y lo que ahora ha acabado con Valentina. Mi hija María y tu prima Berta probablemente nunca lleguen a plantearse las cosas, pero tú eres distinta. —Apoyó su mano derecha sobre la mía—. Tú te harás preguntas, si es que no te las estás haciendo ya, y esas preguntas pueden acabar destruyéndote a ti también.

No me esperaba esa salida por su parte. Me chocaba que una mente académica como la suya aludiera a algo tan esotérico como una maldición.

—¿Destruyéndome? ¿Me estás diciendo que yo también voy a morir antes de tiempo?

El mecanismo de angustia que llevaba insertado en mis entrañas se puso a funcionar y por mi cabeza pasaron los rostros de mi madre, que se había despedido del mundo a golpe de pastillas, y de Valentina, la mayor de mis tías, muerta a manos de su hermana pequeña de un modo tan poco ejemplar. El panorama no era muy halagüeño: a mí me tocaba, poniéndome en lo mejor, que un día me diera por arrojarme a las vías del tren.

El tío Evaristo sonrió sin ganas.

—No, Leandra, no estoy diciendo que vaya a pasarte nada malo. No físicamente, al menos. Pero una persona también se puede morir por dentro, cuando la angustia no la deja respirar, y no quiero que eso te ocurra a ti.

Yo tampoco quería morirme por dentro.

Yo era de ese tipo de personas que a veces, en medio de una cena en la que todo el mundo se lo está pasando bien, de repente se encuentran sumidas en una tristeza inexplicable, una tristeza que las atraviesa, que trasciende sus cuerpos y se sienta a su lado para que puedan mirarla cara a cara. Y no me gustaba nada ser así.

—¿Por qué me dices todo esto, tío? ¿Qué se supone que debería hacer yo? No entiendo adónde quieres ir a parar...

—No permitas que las preguntas crezcan en tu interior hasta carcomerte el alma. Encuentra las respuestas y no repitas los errores de las hermanas De la Vega. —Hizo una pausa y mojó otra galleta en el café con leche, y de nuevo se la quedó observando con curiosidad, igual que cuando ves que un insecto se ahoga en un charco y sientes un poco de lástima por él pero de todos modos no haces nada por salvarlo—. Sólo quedan vivas dos de las cuatro hermanas, así que únicamente ellas, Rita y Constanza, pueden ayudarte a arrojar un poco de luz sobre la historia de tu familia. Claro que te va a hacer falta mucho poder de persuasión para que te cuenten algo... Siempre se han protegido las unas a las otras.

Teniendo en cuenta que Constanza le había clavado un cuchillo a Valentina hacía escasos treinta días, lo del papel protector que ejercían las hermanas entre sí me pareció un argumento bastante discutible, pero me abstuve de replicarle. Tampoco habría tenido oportunidad de hacerlo, porque en ese momento entró en la cocina María, la hija única de Evaristo y Valentina, que se desprendió de su gabardina de Burberry para arrojarla con despreocupación sobre una silla, como si no le importara que su prenda de dos mil euros pudiera estropearse.

María tenía treinta y siete años, dos más que yo, y era alta, rubia y atractiva, aunque si te asomabas a sus ojos sólo podías hallar un enorme vacío; me recordaban a los de esos besugos que esperan a ser despachados en la pescadería. Mi prima se había casado con un tipo igual de guapo y casi tan insulso como ella, un ovetense de buena cuna con quien había tenido dos hijos que con un poco de suerte algún día se casarían con mujeres como María y a su vez se reproducirían, y probablemente nadie de aquella estirpe llegaría a tener nunca metas vitales demasiado elevadas, pero serían mucho más felices de lo que yo lograría ser nunca porque esa es la suerte con la que nacen las personas que no temen a que las aspas de los ventiladores les rebanen el cuello y cuyas miradas reflejan la misma profundidad que la de los besugos: sus inquietudes son tan exiguas que tienen aseguradas unas vidas razonablemente placenteras hasta el fin de la eternidad.

—Pero papá, ¿qué haces desayunando a estas horas? Quedamos en que iríamos a comer fuera, como todos los domingos antes de... Fuiste tú quien dijo que teníamos que recuperar la normalidad cuanto antes.

Lo dijo con el tono caprichoso que solía utilizar para expresarse. Luego se giró hacia mí y me saludó:

—Hola, Leandra, ¿qué haces aquí?

Me fijé en que llevaba las mechas perfectas y me pregunté qué clase de mujer podía llevar las mechas perfectas un mes después de que su madre muriera de manera trágica. Ni siquiera ese hecho tan luctuoso había provocado que María se distanciase ni un ápice de su objetivo vital, que se resumía en ser guapa y punto. La noche fatal, cuando la llamé mientras ella cenaba con la familia de su marido para que viniera corriendo a casa de los abuelos porque su madre se estaba desangrando, al abrirle la puerta la sorprendí con la barra de labios en la mano; según saltaba a la vista, se había tomado la molestia de retocarse el maquillaje en el espejo del ascensor.

Verdaderamente, mi prima era una criatura asombrosa. Me sacó de mi ensimismamiento la voz del tío Evaristo:

—Sólo tomaba un café, María, mientras charlaba con tu prima. Enseguida voy a vestirme, no tardo nada.

A mí me entraron ganas de preguntarle al tío si su hija le parecía tan estúpida como a mí, si nunca había tenido la tentación de abandonarla en un hospicio, o de desheredarla, o de fingir que padecía demencia senil sólo con la excusa de no tener que volver a dirigirle la palabra nunca más. Pero en vez de eso me levanté de la silla para darle dos besos a mi prima.

—Yo ya me iba, María. Sólo me he pasado un momento para ver cómo estaba tu padre. Bonita gabardina.

Luego me acerqué a él y le rocé el brazo con la mano. Al inclinarme para darle un beso en la mejilla derecha, me reconfortó percibir su olor a jabón. Únicamente una persona buena podía desprender un aroma tan puro y sencillo. Tan libre de secretos.

6

Mi boda había sido todo lo que se puede esperar de una boda: emotiva, divertida, auténtica. Me casé justo un año después de decidir que me quedaría soltera el resto de mi vida; fue una ceremonia civil, porque por aquel entonces ya andaba peleada con Dios, y en las fotos de ese día se me ve sonriente, sosteniendo un manojo de hortensias azules en alto, como si en vez de un ramo de novia llevara una antorcha olímpica. En la luna de miel volamos a Dubái y de ahí a Manila, para luego coger un avión trastabillado que nos trasladó hasta El Nido, un paraíso perdido de Filipinas en cuyos hoteles nos entregaban una botella de metal al hacer el *check-in* para que no contaminásemos la pureza de sus paisajes con nuestros miserables plásticos del primer mundo. Dentro de ese país con varios miles de islas encontré mi playa perfecta; grande, privada, con arena fina y agua transparente, un auténtico cliché, en fin, ese tipo de lugares en los que intuyes que jamás podría sucederte nada malo. Así me sentía también con respecto a Álvaro: había hallado la aguja en el pajar, el hombre a quien no le importó que yo hubiese escapado literalmente corriendo después de nuestra tercera cita porque la ansiedad asomó sus orejas sin previo aviso. Nunca me pidió explicaciones por aquel comportamiento y yo nunca se las di.

El día que nos casábamos amanecí pensando que de él me gustaba todo, incluso lo que no me gustaba. Y eso que lo nuestro no había sido precisamente un flechazo: al menos por mi parte, nunca hubo amor a primera vista, sino un aprender a ir valorando que las cosas menos complicadas son las que mejor te sientan, igual que cuando maduras y, al acabar la jornada laboral, ya no te apetece sumarte al plan improvisado de salir de cañas, sino que te mueres por llegar a casa y caminar descalza sobre la alfombra.

Después de unas pocas relaciones infructuosas, me había encontrado con Álvaro sin buscarlo. Fue cosa del azar; sucedió un fin de semana de mayo en el que había volado a Sevilla junto a mi novio de aquel entonces; se casaba uno de sus amigos de la infancia y me pidió que le acompañara. Yo, que me sentía muy insegura dentro de aquella pareja, me gasté por adelantado mi paga extra del verano en un vestido que me hicieron a medida en el atelier donde encargaban sus trajes de novia las famosas. Mi vestido de invitada, que objetivamente era precioso, no produjo el efecto esperado, porque el imbécil con el que tanto tiempo malgasté apenas levantó la vista del móvil cuando bajé a la recepción del hotel en el que nos alojábamos.

—Pues sí que has tardado en arreglarte. Date prisa, que llegamos tarde —se limitó a decirme.

En el vuelo de regreso me sentí un poco estúpida con aquel portatrajes voluminoso que no sabía cómo acomodar en el maletero superior del avión, así que le pedí a la azafata que me lo guardara en el armarito de la parte delantera de la cabina, a lo que ella accedió con mucha amabilidad. Cuando aterrizamos, mi entonces novio me preguntó sin demasiada convicción si quería ir a dormir a su casa, pero le respondí que estaba muy cansada y arrojé en el asiento trasero de un taxi mi pequeña bolsa de equipaje y el portatrajes negro, diciéndome a mí misma que hasta aquí habíamos llegado. Ya en mi apartamento abrí, irritada, la funda de mi vestido. Entonces descubrí que dentro había un traje de hombre. Un anodino traje azul marino, con una corbata roja colgando de la percha. Estuve a punto de echarme a llorar. En vez de eso, se me ocurrió ponerme a rebuscar en los bolsillos y encontré la factura de una tintorería, con un número de teléfono apuntado a mano. Lo marqué en mi móvil.

—Diga. —Era la voz de una mujer mayor.

—Perdone que la moleste, pero me he llevado por error un traje que no es mío.

—¿Cómo?

—Verá, acabo de bajarme de un avión, vengo de Sevilla. Le había pedido a la azafata que me guardara mi portatrajes. Es negro, no tiene ningún logo ni etiqueta especial, así que creo que ha habido una confusión: yo tengo el de su marido y supongo que él tendrá el mío, ¿entiende? ¿Puede comprobarlo, por favor?

—Lo siento pero se equivoca, ni mi marido ni yo hemos salido de casa en todo el fin de semana.

—Pero he encontrado una factura de la tintorería; estaba apuntado este número. Tiene que ser suyo...

Silencio al otro lado. Al cabo de unos segundos, la mujer volvió a hablar:

—¡Ah, ya sé! Es de mi hijo. Tenía una boda en Sevilla el sábado, yo misma le llevé el traje a la tintorería. Por favor, apunte su teléfono y le llama a él directamente. Se llama Álvaro.

Quedamos en la boca del metro de la Puerta del Sol para intercambiarnos las fundas. Álvaro, el chico que estando más cerca de los cuarenta que de los treinta aún dependía de su madre para que le llevara la ropa al tinte, era alto, un poco desgarbado y olía a maderas y libros antiguos; enseguida identifiqué que se perfumaba con un clásico de Loewe: me encontraba ante un valor seguro. Salvo por sus ojos verdes matizados por los cristales de unas gafas de miope, no había nada especialmente reseñable en él. Charlamos un rato y nos reímos de la confusión. Por lo que me contó, habíamos asistido a la misma boda, pero yo no recordaba haberle visto durante la ceremonia, ni en la fiesta que duró hasta las cinco de la madrugada, ni después en el avión; me había pasado desapercibido. De su conversación deduje que él sí se había fijado en mí, lo cual me proporcionó la dosis de autoestima que necesitaba en aquellos momentos.

—Si no llego a encontrar mi traje, no habría pasado nada, la verdad, tiene ya unos cuantos años, o sea que no habría sido una gran pérdida. Pero me alegro de que tú hayas recuperado el vestido, te quedaba muy bien. Además, ahora que las chicas se ponen esas cosas tan complicadas en la cabeza para ir a las bodas —con la mano derecha dibujó en el aire la silueta de un platillo volante—, tú estabas muy guapa con el pelo suelto sin más... Oye, ya que no hablamos en la boda, ¿te apetece que nos tomemos algo y me cuentas de qué conoces a Sergio y Lucía?

Después de aquella primera cerveza dominical encadenamos otras citas en las que fui descubriendo que Álvaro era inteligentísimo, aunque él no parecía ser consciente de ello, lo que hacía aún más valiosa esa cualidad. También era educado y, cuando cogía confianza, muy divertido. Se sabía las capitales de los países más recónditos del mundo, tenía debilidad por las series americanas de abogados, desayunaba tostadas chorreantes de aceite de oliva y se tomaba los atascos con una tranquilidad pasmosa. Un año después del asunto de los portatrajes le di el sí quiero en una ceremonia a la que sólo invitamos a cincuenta personas. Pensé que siempre me sentiría junto a él como en aquel lugar escondido en un archipiélago infinito en el que pasamos nuestra luna de miel, pero ni siquiera las playas paradisíacas están libres de que llegue un tifón que arrase con todo.

Nuestro tifón particular se fue gestando a partir de pequeñas tormentas. Discutíamos por cualquier motivo y yo esperaba de él cosas que nunca llegaban a suceder, cosas tan tontas como que me llamara por teléfono un martes cualquiera en mitad de la jornada laboral o que me sorprendiera con una nota pegada en el espejo del cuarto de baño cuando se iba de viaje de trabajo. Me exasperaba su torpeza, su incapacidad para desentrañar mis deseos, su falta de atención hacia los detalles.

La tormenta definitiva se presentó dos años más tarde de aquel día en el que yo agité un ramo de hortensias azules ante mis invitados.

Fue una noche en la que regresábamos juntos de cenar en un japonés pequeñito del centro de Madrid, de esos en los que una cinta mecánica va colocando ante tus ojos diferentes platos para que escojas el que más te guste. El dueño del local, que apenas hablaba una palabra de español, me regaló un diminuto cuenco pintado con flores azules cuando fui a pagar la cuenta y a mí aquello me pareció un buen augurio. Hacía una noche estupenda, así que al salir del restaurante nos pusimos a caminar sin prisa en vez de buscar un taxi. Íbamos hablando de cosas intrascendentes, como que nos habíamos olvidado de tender la ropa de la lavadora o que había que llevar el coche al taller, hasta que nos dimos cuenta de que nos habíamos desorientado, parados en una callejuela de suelo empedrado.

—Nos estamos haciendo un lío. Creo que si tiramos hacia la derecha vamos a dar a Gran Vía —dijo Álvaro.

Yo tenía ya el móvil en mi mano, a punto de abrir Google Maps para comprobar nuestra ubicación, cuando escuchamos el grito.

—¡Que te he dicho que me dejes! —vociferó ella.

—¡Eres una puta! —respondió él, y la embistió hasta empotrarla contra la pared.

Estaban al final de la calle desierta y no podíamos distinguir bien sus caras, pero sí la corpulencia de aquel tipo. Su brazo musculoso y enorme quedó iluminado por la farola más cercana cuando lo levantó para propinarle un puñetazo a la chica. Yo guardé el móvil en el bolsillo y eché a andar hacia ellos, impulsada por la furia, cuando sentí que Álvaro tiraba de mí y me llevaba en volandas en dirección contraria. Me cogió con tal fuerza que noté cómo se me clavaban sus dedos en las costillas; corrimos sin aliento, yo empujada por él, hasta desembocar en la Gran Vía. Sólo entonces, sin resuello, Álvaro sacó el móvil del bolsillo de su vaquero y marcó el número de la policía para informar de lo que acabábamos de ver.

—Ya está. Vámonos a casa —dijo, y levantó la mano para detener un taxi que bajaba la calle con la luz verde encendida.

Yo le miré como si fuera la primera vez que le veía.

—¿Por qué no hemos hecho nada para ayudar a esa chica, Álvaro?

—Sí que lo hemos hecho: acabo de llamar a la policía. ¿Qué más quieres? En algo así, vale más no meterse en medio. —Me fijé en que le temblaba un poco la mandíbula.

No volvimos a hablar en todo el trayecto de regreso a casa. Cuando nos metimos en la cama, él se giró hacia la pared, dándome la espalda, y yo lloré en silencio al darme cuenta de que acababa de dejar de admirarle.

Fue una semana después de aquello cuando me largué. Preferí estropear las cosas del todo antes de tener que presenciar cómo las cosas se iban estropeando poco a poco por sí solas.

7

La noche en que tía Constanza acuchilló en el *office* a tía Valentina todos tuvimos que responder a las preguntas de la policía, como en una de esas películas malas que ponen en la televisión los sábados por la tarde.

Hubiera dado mi brazo derecho por ver cómo se habría desenvuelto en esa situación el tío Hilario.

Mientras vivió, el tío Hilario fue motivo de chanza de prácticamente toda la familia, excepto del tío Evaristo, quien nunca hablaba de él ni con él y se limitaba a observarle con curiosidad, como si fuera un caso de estudio, una prueba irrefutable de que el Derecho nunca podría llegar a ordenar todo el caos del mundo.

El tío Hilario había tenido dos hermanas. Creo que fue la abuela quien me narró su historia en cierta ocasión: siendo él recién nacido, Oviedo se preparaba para recibir al progreso con un evento largamente esperado en la ciudad, la inauguración del tranvía. Se sortearon tíquets para participar en el primer viaje y las hermanas del tío Hilario, que por aquel entonces ya eran adolescentes, resultaron agraciadas; allá se fueron el 2 de mayo de 1922, exultantes con sus mejores sombreros. Pero la desgracia las esperaba a la vuelta de la esquina: poco a poco, el tranvía fue cogiendo más velocidad de la que dictaba la prudencia y a la altura de la calle Uría descarriló y acabó volcando. Hubo siete muertos, además de decenas de heridos, y el nombre de aquellas dos hermanas ilusionadas apareció en la lista de los que habían perdido la vida en nombre del futuro.

De modo que el tío Hilario había crecido siendo un niño solitario, con unos padres sobre los que ya nunca dejó de planear la sombra de la tristeza. A su muerte, él heredó toda su considerable fortuna, aunque nadie en Oviedo habría adivinado que era un hombre rico, porque se le podía ver a diario cruzando la plaza de Trascorrales a los mandos de una bicicleta destartalada de cuyo manillar colgaba una bolsa de tela mugrienta. Lo que no sospechaba la gente era que esa bolsa estaba repleta de billetes mezclados con hojas de periódico, porque el tío Hilario no se fiaba de los bancos y tenía el dinero repartido por la casa, los bolsillos de sus andrajosos abrigos y aquella bolsa que le acompañaba siempre, por lo que pudiera pasar. El tío Hilario no trabajó ni un solo día de su vida, ni falta que le hacía.

Parecía predestinado a quedarse soltero para siempre y convertirse en una especie de mister Scrooge, aunque para ser fiel a la verdad habría que señalar que él nunca fue un cascarrabias como el personaje de Dickens. Ya sesentón se casó con la tía Constanza, que por aquel entonces apenas había cumplido los veinte. Se habían conocido pocos meses antes en una de las citas culturales más frecuentadas de la ciudad, las tertulias de Rialto. En aquella ocasión se debatía sobre *Madame Bovary* y a mi madrina le cautivó que ese hombre mayor tan diferente a los chicos de su edad defendiera con inusitado entusiasmo a la caprichosa Emma, su insatisfacción patológica y sus aires de grandeza. Lo más sorprendente no fue que ellos dos se enamoraran, sino que el abuelo bendijera su unión sin cortapisas, a lo cual probablemente ayudó la fortuna del novio. Ambos formaron un matrimonio feliz y desigual: tan viejo, extravagante y desastrado él, y tan joven, encantadora y delicada ella. Por si esas diferencias fueran pocas, encima el tío era desproporcionadamente alto, mientras que mi madrina, bajita como yo pero más delgada, ofrecía un aspecto vulnerable, igual que una rosa silvestre de las que crecen en los caminos poco transitados. Eran como Diego Rivera y Frida Kahlo; el elefante y la paloma, según los había bautizado la madre de Frida. A diferencia del tío Evaristo y la tía Valentina, siempre distantes entre sí, el tío Hilario y la tía Constanza se profesaban un amor mutuo infinito. A ella ni siquiera le importaba que le llenara la casa con los palos que arrastraba la marea y que él recogía, como si fuera un tesoro saliendo a flote, de la playa de Salinas.

Al poco de casarse nació Berta, la mayor de las tres primas, una chica morena de ojos negros y piel blanquísima a quien desde hacía tiempo sólo veíamos en Navidades, porque cada año vivía en un país distinto. Nadie sabía con exactitud a qué se dedicaba Berta, ni si tenía pareja o no, ni cuáles eran sus expectativas, y daba la sensación de que siempre estaba huyendo de algo. Berta era de esas personas que parecen culpables, aunque uno no sepa muy bien de qué. Cualquiera diría que su vida estuviera continuamente descarrilando, igual que aquel lustroso tranvía que se había llevado por delante a las dos hermanas de su padre.

Tras acuchillar a Valentina en el *office*, a la tía Constanza la llevaron a un centro psiquiátrico; un médico forense dictaminó que había sufrido un trastorno mental transitorio y el juez resolvió que lo más adecuado era que permaneciera cautelarmente allí, hasta que se celebrase el juicio.

Justo al día siguiente de que internasen a su madre, Berta cogió un avión con destino a la India.

8

—Huela esto.

Los meses de febrero, marzo y abril los había vivido como si fuera un autómata: me levantaba, iba a la redacción, hacía mi trabajo sin poner ningún tipo de entusiasmo, cenaba una ensalada servida en una bandeja mientras veía alguna serie en mi ordenador portátil y me acostaba temprano con la esperanza de poder conciliar un sueño que cada vez se mostraba más inasible. No había vuelto a pisar Oviedo, mientras que Madrid empezaba a parecerme inhóspito. Mis tres mejores amigas me llamaban con frecuencia para proponerme todo tipo de planes, pero yo les daba largas. Cuando se me acabaron las excusas más fáciles —me duele la cabeza, estoy agotada, no doy abasto en el trabajo— me inventé que me había apuntado a un máster cuyas exigencias ocupaban todo mi tiempo libre. No sé si se lo creyeron o si entendieron de una vez por todas que necesitaba aislarme, pero el caso es que las llamadas se fueron espaciando cada vez más. Álvaro, por su parte, también se rindió después de enviarme unos cuantos mensajes anodinos que apenas recibieron un monosílabo por respuesta. No podía negar que mi marido se había comportado de una manera extremadamente cívica, con mucho más civismo del que yo habría deseado. Respetó mi huida primero y mi luto después hasta un punto que me hizo dudar sobre si mi huida y mi luto le importaban algo.

Y así, poco a poco, me fui acostumbrando a paladear mi soledad masoquista, respirando un aire reconcentrado que sólo me pertenecía a mí.

Pero luego llegó mayo y me cansé de estar perdiéndome la vida. Los días empezaron a ser cálidos y, cuando me asomaba al balconcito de mi piso de la plaza de Olavide, veía a la gente charlando ruidosamente en las terrazas y sentía el impulso de saltar para unirme al jolgorio, lo cual me recordó el poder de Madrid para hacer de todo una fiesta. Algo me decía que se me había concedido una prórroga.

Con ese estado de ánimo esperanzado llegué a Grasse.

—Huela —me repitió Jean-Luc Peltier mientras me tendía un puñado de pétalos de rosa que había extraído de un saco de arpillera.

Nos encontrábamos en medio de una plantación de varias hectáreas, bajo un cielo que amenazaba lluvia. A nuestro lado, un grupo de mujeres con mandiles verdes recogían las rosas arrancándolas de la planta cuidadosamente con sus manos y depositándolas a continuación en los sacos repartidos aquí y allá; todas se cubrían la cabeza con un pañuelo y, sobre él, llevaban un sombrero de paja: parecían salidas de un cuadro de Sorolla, sólo que a su alrededor no había playas sino rosales. Acerqué la nariz a la palma de la mano de Jean-Luc y aspiré con los ojos cerrados; el aroma explotó en mi cabeza y me hizo sentir como si levitara. Todo lo bueno del universo parecía resumirse en aquel revoltijo con textura de terciopelo.

—Existen muchos tipos de rosa, pero no la hay más exquisita que la rosa centifolia de Grasse, *c'est magnifique!* —me explicó Jean-Luc con orgullo, como si en vez de acerca de una flor estuviera hablando de un hijo, antes de arrojar los pétalos de nuevo al saco.

Era un hombre de unos sesenta años, alto, con una calva que cada vez iba ganando más terreno en su cabeza, pues sólo le quedaba pelo en las sienes y la nuca, e inusualmente elegante, de un tipo de elegancia que no desentonaría ni sentado a una mesa del restaurante más lujoso de París ni remangándose en una fábrica de la *banlieue*. Había nacido en Grasse y nunca se le había pasado por la mente dedicarse a otra cosa que a lo que se habían dedicado toda su vida primero su abuelo y luego su padre, dos perfumistas que habían desarrollado su oficio protegidos por el anonimato, sin salir de aquella localidad de cuento. Jean-Luc, sin embargo, era producto de una época muy diferente: hablaba cuatro idiomas, aparecía a menudo posando en las revistas y los suplementos de estilo de vida de los periódicos, y los conglomerados de moda se lo rifaban para que trasladase a un frasco de perfume lo que sus diseñadores habían presentado previamente sobre la pasarela. Durante los encuentros que mantenía de cuando en cuando con la prensa en las suntuosas suites de los hoteles cercanos a la place Vendôme mostraba un punto de arrogancia, pero ahora, en medio de aquella plantación, parecía otra persona, bastante más accesible, como si el hecho de encontrarse en su hábitat natural hubiera provocado que se olvidase de ponerse la careta de antipático. Tal vez su soberbia sólo era una de las exigencias del plan de marketing al que debía ceñirse, porque en el mundo en el que nos movíamos él y yo casi nada era auténtico, ni siquiera el mal carácter.

Paseamos uno al lado del otro entre las hileras de rosales mientras yo le planteaba mis dudas sobre su proceso de trabajo, con la grabadora de mi teléfono encendida. Me habló de su dieta exigua para que nada alterase su sentido del olfato cuando se encontraba sumergido en un proyecto, de los cuatro largos años que le había llevado desarrollar su último *eau de parfum* y de cómo estaba tratando de recuperar la técnica del *enfleurage*.

—Es el método más antiguo de extracción de aromas y también el más delicado y el más caro. Consiste en ir colocando las flores, una a una, sobre una bandeja de materia grasa para robarles su aroma.

—Suena un poco cruel. Como los cazadores que disparan a los animales y después los disecan y los cuelgan en el salón de casa, encima de la chimenea. Claro que no se puede comparar una flor con un animal, pero, qué quiere que le diga, una cosa me recuerda a la otra...

Interrumpió mi divagación.

—¿Cruel? Todo lo contrario. Es un regalo que les hacemos a las flores. El regalo de la permanencia. Para llegar a entender el trabajo de un perfumista, hay que conocerlo de cerca. Lo contrario es de un atrevimiento insoportable.

De pronto se paró en seco, como si le hubiera asaltado una gran idea.

—¿Le gustaría ver mi laboratorio?

Que un *nariz* de tanto prestigio como el suyo te abriera las puertas de su santuario sin que hubiera un responsable de prensa controlando la situación era algo poco frecuente, del mismo modo que ya quedaban pocos actores que te permitiesen entrevistarlos tomando un café en la cocina de su casa. Traté de no parecer tan emocionada como realmente estaba por la oportunidad formidable que se abría ante mí y miré el reloj intentando aparentar despreocupación antes de responder:

—Claro, todavía es pronto. Le acompaño.

9

El laboratorio de Jean-Luc Peltier era tal y como me lo había imaginado, luminoso y polvoriento, con ventanas que daban a un jardín con árboles frutales y un sinfín de utensilios extraños acumulados en las repisas. Algo así como el lugar secreto de un brujo, cubierto con papeles en los que el maestro debía de anotar a lápiz sus fórmulas para dominar los sentidos. En una vitrina antigua de cuya cerradura colgaba una llave herrumbrosa estaban expuestas, en sus frascos originales, algunas joyas de la historia de la perfumería: *L'air du Temps*, de Nina Ricci; *Nº 5*, de Chanel; *Mitsouko*, de Guerlain; *Opium*, de Yves Saint Laurent; *Calandre*, de Paco Rabanne; *Diorissimo*, de Dior; *Amarige*, de Givenchy; *Calèche*, de Hermès; *White Linen*, de Estée Lauder; *Le Vertige*, de Coty... Observando aquella colección, tan superior a la que yo guardaba en casa, me sentí igual que Audrey Hepburn en su papel de Holly Golightly cuando se deleitaba ante los escaparates de Tiffany mientras mordisqueaba un *croissant*. Cada una de esas botellas me resultaba perfectamente identificable, del tapón a la etiqueta, y si me lo hubieran pedido incluso habría sido capaz de describir la pirámide olfativa de los jugos que encerraban, del mismo modo que un cinéfilo sabría desgranar de memoria los créditos impresos sobre los carteles de *Doctor Zhivago* o *Lo que el viento se llevó*.

El resto del espacio en el que trabajaba Jean-Luc —la mesa central y el escritorio, el órgano de perfumes y hasta los alféizares de las ventanas— estaba colonizado por innumerables frasquitos de cristal.

—Impresionante —dije.

Peltier se echó a reír.

—Hay quien aquí sólo ve desorden y trastos viejos.

—Pues le aseguro que para mí esto es el paraíso. No sabe cuánto admiro su trabajo.

—Bueno, tiene su dificultad, para qué negarlo. Sobre todo hoy en día. La gente se va a unos grandes almacenes y se pone a oler fragancias sin ton ni son... Ah, *une horreur*. Únicamente cuentas con diez segundos para seducirlos. No le dan ninguna importancia, no se dan cuenta de que llevar un perfume equivocado es igual que ponerse el vestido del revés. Percibir un aroma, cada una de sus tonalidades, requiere sosiego. En cuanto a crearlo... necesitas mucha reflexión. Creatividad, técnica e intuición: esas son nuestras herramientas de trabajo.

Cogió uno de los frascos e impregnó una *mouillette* con el líquido que contenía. Luego me la tendió.

—¿Sabría identificar este aroma?

Me tomé mi tiempo para aspirar la tira de papel secante.

—Jazmín —respondí, como una alumna satisfecha de saberse la lección.

—Muy bien, aunque era fácil. El jazmín está en el corazón de muchísimas fragancias; sería decepcionante que no pudiera identificarlo, ¿no cree? Probemos otra vez. ¿Y este? —inquirió, acercándome una nueva *mouillette* que mojó en otro de los frascos.

—Sándalo.

—Exacto. ¿Y qué me dice de este?

—Ylang-ylang.

Me pasó un recipiente con granos de café para que lo aspirase y de ese modo pudiera borrar los aromas a los que acababa de poner nombre.

—¿Quiere continuar con la cata?

—Claro, por qué no.

No fallé ni una sola de las esencias que fueron desfilando ante mi nariz, para gozo de mi espíritu competitivo, al que últimamente se le retaba poco.

—¿Cuál es su ingrediente favorito? —me planteó Jean-Luc cuando ya había dado fin al improvisado examen.

—La datura.

Lo dije sin pensar. El nombre de esa planta, con sus flores con forma de campana cuyo olor me mareaba y sin embargo me atraía, como esas relaciones tóxicas de las que no puedes escapar, fue el primero que se me vino a la cabeza. Él me miró con curiosidad.

—Interesante elección. Un ingrediente alucinógeno y mortal. Hoy en día sólo se utiliza en su versión sintética. Es muy venenoso —comentó mientras devolvía cada frasco al lugar del que lo había cogido.

Sonreí al pensar que habría sido mucho más sofisticado que tía Constanza hubiera matado a su hermana dándole a beber una infusión bien cargada de datura, en vez de clavándole un anodino cuchillo de plata. Enseguida me arrepentí de haber tenido esa reflexión tan frívola: yo había querido mucho a Valentina, del mismo modo que adoraba a mis otras dos tías, a pesar de todo.

—Sí, lo sé —respondí—. Lo de la molécula sintética emulando el olor de la datura, quiero decir. ¿Sabe que antes de convertirme en periodista estudié Química?

—¡No me diga! Una química con un talento innato para las esencias que además reúne la curiosidad propia de una periodista... Es una buena mezcla para convertirse en *nariz*, ¿nunca se lo ha planteado?

Había acabado de ordenar sus botes y se estaba poniendo una bata blanca que yacía colgada de una percha.

Su pregunta me pilló desprevenida.

—¿Perfumista, yo? Ni siquiera sabría por dónde empezar.

—Bueno, puede empezar por el principio. Debería matricularse en una escuela de perfumería, la mejor de todas está en Versalles: ISIPCA, Institut Supérieur International du Parfum, de la Cosmétique et de l'Aromatique Alimentaire, habrá oído hablar de ella: la fundó nada menos que Jean-Jacques Guerlain. O bien podría aprovechar los buenos contactos que me imagino que tiene para acceder como becaria a una compañía dedicada a la creación de esencias. Y luego... práctica, práctica y más práctica: en diez años estará lista. Por cierto, cuide desde ya mismo ese olfato: yo me limpio la nariz cada mañana con un vaporizador cargado con agua del mar. Es un buen truco, tenga en cuenta que se lo estoy revelando *off the record* para que lo ponga en práctica, no para que lo publique; si se llega a saber, ese detalle me convertiría en un ser demasiado mundano a ojos del público. Y ya sabe usted que quienes trabajamos con los sueños no podemos ser mundanos.

Jamás se me habría ocurrido aspirar a formar parte del selecto club al que pertenecía Jean-Luc Peltier.

—Verá, es que yo ya di un giro de timón a mi vida hace años, cuando empecé una segunda carrera que no tenía nada que ver con la primera. Y he conseguido convertirme en editora de una de las revistas de moda más importantes del mundo, por si no se había dado cuenta. Además, tengo treinta y cinco años, creo que ya se me ha pasado la edad para hacer experimentos profesionales, la verdad, y mucho menos para ser becaria. Y en cualquier caso, perdone que le diga, no sabe usted nada de mí. —Lo solté de carrerilla, bastante molesta porque se inmiscuyera de ese modo en mis asuntos.

Jean-Luc apoyó las manos en la larga mesa de madera en la que habíamos hecho la cata, inclinando su cuerpo hacia mí, y esbozó una sonrisa irónica. Un rayo de sol que entraba por la ventana fue a posarse sobre su calva reluciente.

—¡Editora de una de las revistas más importantes del mundo! Estoy realmente impresionado. ¿Y es usted feliz, si puedo preguntarlo?

Empecé a dudar si se estaba burlando de mí.

—¿Feliz? Pues no sé, supongo que como todos: a ratos. De lo que estoy segura es de que muchísimas chicas matarían por ocupar mi lugar. —Lo dije con un tono desafiante, tratando de sacudirme esa sensación de ridículo que, ya no me cabía duda, él estaba tratando de infiltrar en mi cerebro.

Peltier cruzó los brazos a la espalda, se acercó a la pared más próxima y leyó un papel amarillento que estaba allí colgado, dentro de un rudimentario marco de madera que parecía a punto de desintegrarse.

—«En los viajes habituales hay caminos señalizados y, si tenemos dudas, podemos preguntar a los viandantes. En cambio, en el itinerario que conduce a la felicidad, encontrarnos entre mucha gente no es señal de que vayamos bien encaminados: todo lo contrario, significa que nos hemos confundido de carretera.»

Me miró antes de leer el nombre que firmaba la cita.

—Séneca.

Regresó al punto donde yo me encontraba y se dedicó a observarme. Por un instante pensé que sacaría una varita del bolsillo de su bata y me tocaría con ella en la cabeza para convertirme en una insignificante mota de polvo. No hizo tal cosa, pero lo que me dijo, arrastrando las palabras como si formaran parte de un maleficio, tuvo un efecto similar.

—No creo que una persona feliz elija la datura como su ingrediente preferido. Más bien diría que es el ingrediente que elige alguien con miedo a la vida.

No supe qué responderle.

—Y ahora, si me disculpa, necesito que me deje a solas. Debo trabajar.

10

A mi regreso de Grasse me encaminé directamente a la oficina, con el *trolley* a cuestas, sorteando con pericia a los viajeros despistados del aeropuerto. A aquellas alturas de mi vida estaba acostumbrada a coger aviones como quien se sube al metro cada mañana, y el hecho de acumular puntos en la tarjeta de fidelización de la compañía aérea hacía que me sintiera superior, una integrante del grupo de esos elegidos que saben cómo hay que disponer el portátil y los líquidos en la bandeja de control de seguridad sin que nadie tenga que recordárselo. Aquel día, sin embargo, cuando tuve que frenar en seco porque un hombre que caminaba delante de mí dudó ante la puerta que se abría automáticamente, en vez de despreciar su falta de cosmopolitismo con un resoplido airado me observé a mí misma reflejada en el cristal, y entonces resonó en mi cabeza la frase de Séneca que me había leído Peltier, lo cual me hizo plantearme si no era yo sólo una más de los que avanzan en rebaño por el camino incorrecto.

Fue un pensamiento fugaz que ya se había disipado en

el momento en el que atravesé la puerta de la redacción, donde percibí un gran revuelo.

—¿Qué pasa? —le pregunté a Eva Smith, la editora de moda, cuya mesa de trabajo estaba situada justo a continuación de la mía. Eva era tan caótica que a veces me veía obligada a colocar un parapeto de archivadores para evitar que sus montones de catálogos y paquetes sin abrir me sepultaran.

Me apuntó con las tijeras que estaba utilizando para diseccionar una revista, como si fuera una niña jugando a los recortables.

—Hay una venta para prensa de Manolo Blahnik. Con descuentazos. ¿Te vienes? —me respondió, al tiempo que dejaba las tijeras dentro de una vela de Diptyque reciclada como bote de rotuladores.

Yo acababa de apoyar el bolso sobre mi mesa, pero volví a colgármelo del hombro.

Media hora después estaba en la suite de un hotel de cinco estrellas, junto a un centenar de periodistas y estilistas que sudaban bajo sus camisetas estampadas con mensajes de empoderamiento femenino mientras buscaban zapatos de su número dándose empujones. Los medios de comunicación en los que trabajábamos se hundían en la forma en la que los habíamos conocido y nadie sabía cuánto duraría este mundo de frufrú en el que habíamos vivido, pero tal vez pensábamos que el futuro incierto que se avecinaba sería más llevadero si nos pillaba con un buen par de *manolos* en los pies. Si en el *Titanic* la orquesta tocó hasta el final, por qué no íbamos nosotras a seguir taconeando con estilo por la Milla de Oro madrileña.

Me compré dos pares de preciosos, enjoyados y maravillosos zapatos. No pude dejar de contemplarlos y acariciarlos en el taxi de vuelta, sintiendo la misma euforia que experimentaba de pequeña al recoger del suelo el contenido de una piñata y llenarme los bolsillos de fruslerías que poco después se iban a quedar perdidas en mi habitación, entre un montón de juguetes.

De vuelta en la oficina, dejé mis trofeos en el suelo, me senté ante mi ordenador, me puse los auriculares y me pasé un par de horas transcribiendo la charla que había mantenido con Jean-Luc Peltier en su campo de rosas. Marqué en negrita una de las frases que me había regalado:

«En la vida nos lo pueden arrebatar todo excepto nuestra memoria olfativa; cada uno de nuestros recuerdos está asociado a olores».

Y otra más:

«El sentido del olfato está estrechamente relacionado con nuestra parte emocional».

Debía de ser cierto, porque a mí por aquel entonces casi todo me olía a incienso, habitaciones poco aireadas y decepción. Qué hago aquí, cuál es el fin de todo esto.

Al acabar la transcripción trasladé el archivo a una carpeta del escritorio que yo misma había nombrado como TEMAS EN CURSO. Caí en la cuenta de que tenía diez reportajes a medio hacer, puesto que asistir a presentaciones de nuevos cosméticos, comer con cirujanos de renombre y pasar las noches en eventos en los que todo el mundo sujetaba indolentemente copas de champán que los camareros rellenaban sin cesar me había ido alejando cada vez más de lo que debería ser mi trabajo: contar historias. Y así lo tenía todo en mi vida, a medio escribir. Empezando por la historia de mi propia familia, porque detrás de lo que le había hecho mi tía Constanza a mi tía Valentina debía de haber algo más que un simple trastorno mental transitorio, por mucho que dijera aquel médico forense.

Miré la bolsa con las cajas de zapatos y me pregunté qué sería de mí los siguientes veinticinco años.

También me pregunté cuándo había empezado a tener la sensación de que me estaba desdibujando.

En un corto período de tiempo, dos hombres de gran sabiduría, mi tío Evaristo y el perfumista Jean-Luc Peltier, me habían señalado que si aspiraba a tener futuro debía revisar bien mi presente y mi pasado, antes de seguir deambulando por un camino que no parecía llevarme a ninguna parte.

Puse el ordenador en modo reposo y me levanté de mi silla giratoria de un salto, con una euforia repentina, como si acabara de encontrar una pepita de oro después de pasarme días excavando. De camino hacia la puerta me crucé con Natalia Merino, que me preguntó en un susurro adónde iba, pero la ignoré. Subí las escaleras corriendo hasta llegar a la planta de Recursos Humanos. Allí solicité formalmente una excedencia de seis meses. Me pusieron todo tipo de facilidades: al director de ese departamento le pareció estupendo ahorrarse un sueldo durante una temporada. Gracias a mi baja voluntaria, las cuentas de la cabecera para la que trabajaba cuadrarían mejor, me explicó sin sonrojarse. Sólo le faltó dar un par de palmadas en el aire y gritarme

«¡Vamos, corre, vete lejos de aquí!», igual que si yo fuera un perrito que hubiera comprado por un impulso irresponsable y ahora no supiera cómo deshacerse de él.

Ni siquiera me preguntó qué tareas iba a dejar pendientes durante mi ausencia. Aquel tipo no tenía la menor idea de a qué me dedicaba.

Es curioso lo imprescindibles que podemos llegar a sentirnos en entornos en los que, en realidad, no significamos nada.

SEGUNDA PARTE

Para ser tú, tienes de algún modo que serlo contra tus hermanos; ellos son tus otros yoes posibles, espejos de madrastra en los que te contemplas.

Rosa Montero, *La loca de la casa*

1

Había quedado con tía Rita en su refugio preferido de París, el Café de la Paix, ubicado en los bajos del Intercontinental, ese hotel desde cuyos balcones casi se puede tocar con las puntas de los dedos la fachada de la Ópera Garnier. Mientras esperaba a que el semáforo del boulevard des Capucines se pusiera en verde para poder cruzar el paso de cebra, vislumbré a la hermana de mi madre a través del ventanal. Estaba sentada frente a una de las mesitas redondas, con la espalda muy recta. A pesar de que yo sólo me retrasaba diez minutos, ella ya se había pedido un *croque-monsieur* —no hacía falta poseer una vista de lince para distinguir el plato desde lo lejos: siempre pedía lo mismo en aquel lugar— y se disponía a comerlo, empuñando los cubiertos con la firmeza de un cirujano. Hacía décadas que tía Rita no esperaba por nada ni por nadie.

En la familia se chismorreaba que había tenido un novio durante más o menos un lustro. Un día, pocos meses antes de casarse, la tía se enteró de que el novio en cuestión le había mentido en algo no demasiado trascendental: al parecer, el tipo le regaló una supuesta joya heredada que en realidad no pasaba de ser una muy aparente pieza de bisutería. A ella le pareció tan mal el engaño que canceló la boda y nunca más volvió a pronunciar el nombre de su prometido, desterrándolo al limbo que solía reservar para las personas que a su juicio no merecían ser tenidas en cuenta. Se mudó a París, consiguió trabajo como relaciones públicas en una galería de arte gracias a su deslumbrante cultura y empezó a beber champán en sus ratos libres. Si alguien era capaz de contarme la verdad sobre mi familia, esa era tía Rita.

Cuando llegué a su lado inclinó la cabeza para que pudiera besarla en la mejilla. Su piel estaba marcada por pequeños hoyuelos, fruto del acné furibundo que había sufrido de adolescente, pero había que estar muy próxima a ella para apreciar esos cráteres diminutos, cubiertos como estaban por una gruesa capa de maquillaje.

—Siéntate, Leandra. Te he pedido una sopa de cebolla.

No me atreví a responderle que odiaba la cebolla en todas sus modalidades. Tampoco que una sopa humeante me parecía un plato muy poco adecuado para tomar en pleno mes de junio y que me costaba entender que estuviera incluido en la carta de verano. Aunque lo más probable era que no figurara en el menú estival, sino que se tratase de una exigencia de las suyas: tía Rita siempre conseguía que la gente se plegara a sus deseos.

—Y bien, ¿a qué has venido esta vez a París? ¿Tienes alguna entrevista interesante entre manos? El mundo del lujo está aburridísimo últimamente, no me lo negarás, las firmas no hacen más que copiarse las unas a las otras. Ah, si madame Schiaparelli o monsieur Dior levantaran la cabeza... ¡pondrían a caldo a todos esos diseñadores sin pizca de talento, incapaces de aportar un mínimo de originalidad! No se les ha ocurrido nada mejor que llenar las pasarelas de esas zapatillas de suelas imposibles... ¿Te imaginas a la duquesa de Windsor calzando ese despropósito?

Me abrí paso entre su parloteo.

—En realidad, no he venido a trabajar. De hecho, acabo de pedirme una excedencia. Necesito tomarme un tiempo para mí.

Arqueó las cejas y siguió comiendo su esponjoso *croque-monsieur* sin decir nada. Seguro que se moría de ganas de llamarme pusilánime, pero por una vez tuvo el buen gusto de mantenerse callada. A diferencia de tía Constanza, que aunque se había formado como maestra nunca había llegado a desarrollar ocupación profesional alguna, tía Rita era una trabajadora nata que interpretaba como una imperdonable muestra de debilidad el hecho de cogerse un permiso laboral de cualquier tipo. Ella ni siquiera había dejado de acudir a la galería el año anterior, cuando se rompió la pierna y el brazo derechos fruto de un aparatoso accidente en la bicicleta con la que solía ir a trabajar incluso ahora que estaba a punto de cumplir los sesenta. «A nadie le gustan los llorones» era la frase que probablemente había escuchado más veces en su boca.

Carraspeé antes de continuar.

—La verdad es que he venido a charlar contigo acerca de nuestra familia, espero que no te importe... Entiéndeme, que tu madre se quite la vida y que luego una de tus tías acuchille a la otra es difícil de asimilar. A veces pienso que las mujeres De la Vega tenemos en la cabeza algo que no funciona, y me da miedo volverme loca yo también.

Siguió comiendo su sándwich francés como si la cosa no fuera con ella. Estaba claro que no tenía ninguna intención de tenderme una mano para que la conversación pudiera fluir. Su actitud empezaba a irritarme, así que opté por ahorrarme los rodeos.

—Tía Rita, ¿cómo era tu relación con mi madre?

Dio un sorbo a la copa de champán y volvió a dejarla sobre la mesa antes de responderme con mucha calma:

—¿Con Celia? Difícil. Era un poco dispersa.

Pobre mamá. Ni siquiera había cumplido los treinta y cinco, la edad que yo tenía ahora, cuando le quitaron mi custodia para otorgársela al abuelo, porque la abuela ya había muerto y él litigó para no perder de vista a su nieta preferida y de paso dejar claro quién mandaba en la familia. Los médicos resolvieron que mi madre no podía cuidar de sí misma, de modo que mucho menos estaba capacitada para encargarse de una niña en edad escolar. Por aquel entonces ya hacía años que mi padre se había largado, huyendo de un hogar en el que siempre sobrevolaba la amenaza de la locura. En el fondo, yo no le culpaba: de haber estado en su posición, probablemente habría hecho lo mismo. Por eso años más tarde me había reencontrado con él y ahora manteníamos una relación distante pero cordial, e incluso un domingo al mes comía con papá y su nueva familia aun a sabiendas de que eso me supondría tener que enfrentarme después a los gestos de desaprobación de las tías, quienes nunca perdonaron al marido de su hermana que hubiera salido corriendo.

El abuelo no llevó a mamá al psicólogo, porque en aquella época a una persona que sufría repetidas crisis de ansiedad no se le decía que tal vez le viniera bien someterse a terapia para sacar a la luz sus fantasmas, ni mucho menos se le recomendaban retiros con comida vegana y sesiones de *mindfulness*. Todo eso, lo de los psicólogos y el *mindfulness*, llegó tiempo después, cuando fuimos una sociedad más desarrollada o quizá sólo una sociedad que se miraba más el ombligo. El caso es que, en vez de llevarla al psicólogo, el abuelo dio rienda suelta a su poderío económico e instaló a mamá en un lujoso piso de más de doscientos metros cuadrados en la céntrica calle Cervantes de Oviedo, atendida día y noche por enfermeras y con visitas semanales de un médico amigo. Llegó un momento en que le daban tantas pastillas que apenas podía distinguir entre la realidad y sus propios sueños. Cuando el abuelo me llevaba a visitarla, a mí me aterrorizaba aquella mujer de mirada perdida que caminaba descalza por la casa, con la melena un poco canosa flotando sobre los hombros y agarrada a un cuaderno forrado con tela verde en el que solía escribir quién sabía qué. Pero no siempre había sido así: yo recordaba perfectamente a una madre cariñosa y entregada, paciente y divertida, que para las funciones de fin de curso me confeccionaba disfraces con los retales que iba guardando en un cajón de la cocina y que además tenía la costumbre de repartir por la casa jarrones llenos de flores.

Cuando cumplí veinte años empecé a anotar en mi agenda Moleskine todos los síntomas que demostraban que yo, igual que mamá, acabaría volviéndome loca. Registraba cada una de mis rarezas, desde las más inocuas hasta las más extremas, como la tendencia de mi mente a proyectar imágenes de mi progenitora allá donde fuera. Porque mi madre nunca había desaparecido de mi vida en el sentido estricto, sino que a menudo la seguía viendo en las situaciones más cotidianas: sentada a la mesa de un café, asomada a la ventanilla de un autobús que pasaba a mi lado, haciendo cola a las puertas de un teatro... En ocasiones, nuestras miradas llegaban incluso a cruzarse durante algunos segundos y ella me sonreía levemente, como si fuera una desconocida que se hubiera percatado de mi presencia para olvidarme al cabo de unos instantes.

Esa era yo: la hija poco racional de una mujer que se había quitado la vida porque no podía sobrellevarla. Y ahora tía Rita banalizaba mi historial atreviéndose a decir, con una copa de champán en la mano, que mi madre era «dispersa», como si ese adjetivo tan difuso, vacío e irrelevante bastara para describir el infierno que debía de haber pasado para acabar como acabó: tomándose todas las píldoras tranquilizantes que había ido escondiendo entre sus pañuelos con las iniciales bordadas.

Intenté que no se me notara lo enfadada que me sentía.

—¿A qué te refieres exactamente con que vuestra relación era difícil, tía?

—Bueno, de pequeñas Celia y yo nos llevábamos muy bien, la gente hasta se pensaba que éramos gemelas, porque a pesar de ser ella dos años mayor que yo medíamos prácticamente lo mismo y nos parecíamos muchísimo. Siempre fuimos las más guapas de todas las hermanas.

La comparación de la estatura tenía sentido, porque mi madre había sido bajita, como la tía Constanza y yo, mientras que Rita era muy alta, igual que Valentina, lo cual demostraba que la genética de nuestra familia era bastante caprichosa. Pero a quién demonios le importaba eso ahora. Hice un gesto de impaciencia para que siguiera hablando.

A tía Rita se le dulcificó el rostro por unos instantes.

—Celia y yo siempre estábamos juntas. En realidad, siempre estábamos juntas las cuatro (Valentina, Celia, Constanza y yo), pero con tu madre era distinto, ella era mi confidente, mi mejor amiga, con quien yo compartía habitación no sólo en nuestra casa de Oviedo, sino también en Alegranza.

Alegranza. Cuánto tiempo sin escuchar ese nombre. Así se llamaba la casa que el abuelo Tomás construyó, a su regreso de América, en la pequeña localidad asturiana de Colunga. Como tantos otros jóvenes de su generación, el abuelo abandonó en su día la tierra en la que había nacido, en busca de un futuro más próspero, y en aquel continente lo encontró. Regresó al lugar de sus orígenes años después, con la cabeza muy alta y esa seguridad que te otorga el hecho de haber conquistado el éxito sin ayuda de nadie. Invirtió parte de su merecida fortuna en poner en marcha *El Norte*, ese periódico que ahora ya no era propiedad de la familia De la Vega sino de un grupo empresarial que aglutinaba un par de decenas de diarios locales, y levantó aquella casa típica de indianos que durante muchos estíos nos reuniría a todos tras su imponente fachada de color rojizo.

Tía Rita continuó con su relato.

—Mi relación con tu madre se estropeó de la noche a la mañana, cuando empezaron sus crisis de nervios, sus ataques de pánico, sus cambios de humor... Qué quieres que te diga: el trato con ella se volvió complicado. Se puso insoportable.

—¿Y a qué edad empezó a ocurrirle todo eso?

Yo tenía la vista fija en mi comida, mientras sumergía la cuchara en la sopa intentando esquivar los trozos de cebolla para quedarme únicamente con los de queso semiderretido.

—No sé, a los once o doce años...

—¿Cómo dices?

La cuchara se quedó detenida en el aire, a medio camino entre el tazón y mi boca. Siempre había creído que los episodios de mi madre habían comenzado pasados los treinta, cuando yo ya existía. Ese era el punto de su biografía en el que mi memoria había fijado el inicio del cataclismo. Pero ¿a los once o doce?

—¿Te estás riendo de mí? ¿Qué niña podría sufrir ataques de pánico siendo tan pequeña?

—Ya ves.

—Y entonces ¿cómo conoció a mi padre? Yo siempre creí que había tenido una infancia y una juventud normales. Si incluso se casó y se quedó embarazada de mí...

Me cortó.

—Sí, y si no tuvo más niños fue porque no pudo, porque mira que lo deseaba, tener una familia numerosa, especialmente un hijo varón ya que nosotras éramos todas chicas... ¿Y qué? Ay, Leandra, me parece realmente simplista ese argumento de que las mujeres que se casan y tienen hijos son emocionalmente más estables que las que no. Te consideraba más inteligente que todo eso.

Mientras hablaba parecía que tenía ganas de escupirme.

Pasé por alto esa revelación, hasta entonces desconocida para mí, de que mi madre había soñado con darme hermanos, y traté de limar asperezas.

—Lo siento, tía, no era mi intención ofenderte.

—¿Ofenderme? —No se iba ese rictus de asco de su rostro—. Vuelves a ser simplista. ¿Por qué crees que me has ofendido, Leandra? ¿Porque no he tenido un marido, porque no he tenido hijos? ¿Piensas que mi vida ha sido peor por eso, que no fue algo que yo elegí? Escúchame: cuando las demás tuvieron que aferrarse a todas esas cosas yo no lo necesité, porque nunca dejé de estar en paz conmigo misma.

Ahora sí que me había perdido.

—¿Quiénes son las demás, tía Rita? ¿Tus hermanas?

—¡Y quién si no, Leandra! ¡Pensaba que estábamos hablando de ellas!

—Perdóname, pero no te entiendo. ¿Por qué no habrían de estar ellas en paz? ¿A qué te refieres?

Su rostro mudó del gesto de asco al de cansancio, como si le estuviera invitando a subir una montaña en plena ola de calor sin desprenderse de su jersey de cachemira. Apoyó los antebrazos en la mesa y acercó tanto su cara a la mía que los efluvios de su fragancia especiada me envolvieron. Ahora era yo quien tenía ganas de vomitar. Tía Rita siempre llevaba el mismo perfume, complicado como ella, pero ese día se le había ido la mano al echárselo: cualquiera diría que se había sumergido en una bañera llena hasta los topes de haba tonka.

—Igual es mejor que dejes de perder el tiempo mirando atrás y te vayas a dar una vuelta por esas tiendas de Le Marais que tanto te gustan, a ver si te aireas —dijo.

Mi enfado iba creciendo por momentos.

—No he cogido un avión ni me he venido hasta aquí a

tomarme esta sopa de cebolla que detesto para airearme, gracias.

Sonrió, aunque lo que dijo a renglón seguido no tenía gracia alguna.

—Lo que ocurrió esta Nochebuena podría haber sucedido en cualquier momento. Hace dos años, hace diez, da igual.

—¿Y eso por qué?

—No es a mí a quien tienes que hacerle todas estas preguntas. Te recuerdo que yo estaba cenando tranquilamente cuando tu adorada Constanza hizo lo que hizo.

—¿Y...?

—Pues que digo yo que si insistes en meterte donde nadie te llama lo primero que tendrías que hacer es hablar con ella, en vez de presentarte aquí acosándome como si yo tuviera la culpa de los arrebatos de esta familia.

Ni siquiera me dejó rebatirla.

Pidió la cuenta, arrojó un par de billetes sobre la mesa, se colgó su precioso bolso de piel color camel del hombro, me dio un beso sin llegar a rozarme la cara y se largó. La vi alejarse a través de la cristalera, con sus pantalones masculinos que sólo podían sentarle bien a ella y esa melena caoba que siempre llevaba recogida en un moño sujeto con horquillas en lo alto de la cabeza. Cruzó la calle sin fijarse en que la luz del semáforo de peatones estaba en rojo y, cuando un coche que estuvo a punto de atropellarla tocó el claxon con furia, fulminó a su conductor con la mirada y siguió adelante sin acelerar el paso.

2

Las últimas veces son como las quemaduras solares: es difícil percatarse de ellas en el momento en el que se están produciendo y por eso casi nunca puedes evitar que te dejen marcas que permanecerán ahí, indelebles, el resto de tu vida.

La última vez que mis tías y yo pasamos tiempo juntas, solas las cuatro, fue durante la primavera de ese año 2018 que acabaría con la inesperada muerte de tía Valentina.

Estábamos en Madrid y lo que nos había reunido a todas en la capital era la exposición de uno de los muchos amigos artistas de la tía Rita.

—No os lo podéis perder, es un genio —nos había dicho con la voz acelerada por la emoción—. Vamos el sábado por la mañana y luego comemos juntas por el barrio de las Letras, está decidido. Yo reservo una mesa, conozco un sitio buenísimo.

Como tía Valentina y yo vivíamos en Madrid, acceder a su deseo no nos supuso un gran esfuerzo, más allá de guardar hueco en nuestras agendas, pero tía Constanza tuvo que viajar expresamente desde Asturias para contentarla, lo cual hizo sin rechistar.

Así fue como nos reencontramos las cuatro frente a un mural en el que destacaba una enorme luna llena de color añil; sobre ella, la figura de un hombre desnudo flotaba entre sombras grises. La punta de su dedo índice tocaba el borde de ese círculo con forma perfecta y apariencia compacta.

—¿Qué significa? —le pregunté a tía Rita, que para eso era la entendida.

—Bueno, Leandra, no hace falta buscarle un significado a todo —respondió ella—. El arte es equiparable a la meditación: hay que limitarse a contemplar los pensamientos que nos pasan por la cabeza, sin juzgarlos ni tratar de racionalizarlos. Simplemente observa.

Tía Valentina emitió una risita sarcástica que le sirvió de preámbulo para leer, con voz impostada, el folleto que tenía en las manos:

—«*Luna de regeneración*. Óleo sobre lienzo. El autor, que pintó esta obra después de superar sus problemas de alcoholismo, pretendió representar la aproximación a un estado de plenitud tras dejar atrás las sensaciones de angustia y soledad. Este cuadro pertenece a una serie de cinco óleos que abre paso a una etapa más luminosa».

Luego se volvió a mí, estirando hacia el mentón el borde de su suéter de hilo, porque desde que la piel que cubría su garganta había empezado a descolgarse tía Valentina siempre llevaba, por mucho calor que hiciera, pañuelos o jerséis de cuello vuelto que ocultasen ese signo de la edad del que parecía avergonzarse, como si fuera una falta imperdonable por su parte el no haber puesto freno a tiempo al deterioro.

—¿Te das cuenta, Leandra? —me dijo—. En la vida casi todo tiene siempre una explicación. No dejes que nadie te convenza de lo contrario. Las cosas nunca suceden porque sí, las cosas siempre pasan por algo.

Después de recorrer cinco salas con cuadros de lunas, siluetas desnudas, tormentas y mares en calma, abandonamos el museo en el que nos había citado tía Rita y nos dirigimos a un restaurante para disfrutar de una comida seguida de una larga sobremesa.

Al principio hubo una pequeña disputa con el camarero, porque nos había ubicado cerca de los servicios y ninguna de mis tías podía concebir que no nos sentara en la mejor mesa del establecimiento. En eso, en creer que eran el centro del universo como el hombre del mural, se parecían las tres, y también mi madre hasta donde yo llegaba a recordar.

No sé qué platos elegimos de la carta ni qué bebimos aquel día, pero sí me acuerdo de que me divertí mucho escuchándolas. Me gustaba estar con ellas, a pesar de todas sus trifulcas y sus extravagancias y sus ocasionales muestras de crueldad consigo mismas o con las otras. Su compañía siempre había sido para mí una manera de saber que pertenecía a algún sitio, que formaba parte de algo, aunque ese algo no fuera perfecto.

—¿Qué os apetece hacer ahora? —planteé cuando nos trajeron la cuenta.

Respondió tía Constanza, pero no lo hizo con firmeza, sino con su habitual punto de inseguridad.

—¿Y si damos una vuelta por la plaza Mayor? Hace mil años que no la piso...

—No, no, ni hablar, ¿estás loca?, estará llena de turistas. No tengo ninguna gana de que me den empujones y mucho menos de que me roben la cartera —desechó tía Valentina, agitando la cabeza de pelo corto matizado con vetas claras.

—Entonces... al templo de Debod. ¿Vamos allí? Si no os importa... Es uno de mis sitios preferidos para contemplar la puesta de sol —volvió a proponer tía Constanza con timidez.

Esta vez el jarro de agua fría se lo arrojó tía Rita.

—No me gustan las puestas de sol —zanjó.

—¿Cómo no te van a gustar las puestas de sol? —intercedí yo—. A todo el mundo le gusta contemplar una puesta de sol.

—Pues a mí no.

—¿Cómo es posible?

—Pues porque ya sé de antemano cómo termina.

Tía Constanza suspiró, resignada.

—A veces siento auténticas ganas de asesinaros a las dos.

Yo me eché a reír ante la ocurrencia.

Meses después, yo rememoraría a menudo la última vez que compartimos mis tías y yo, como si fuera una de esas canciones pegadizas que te pones a tararear a cada rato, sin darte cuenta, porque tal vez la letra bobalicona guarde algún tipo de mensaje que tu subconsciente te empuja a rescatar.

3

Dado que Berta seguía sin dar señales de vida, haciendo quién sabía qué al otro lado del mundo, a los responsables de aprobar las visitas que recibía tía Constanza les pareció adecuado que, como sobrina y ahijada, fuera yo quien me citara con ella. Llevaba seis meses sin verla; me había faltado valor para hacerlo antes.

Nunca había pisado un centro psiquiátrico y llegué a aquella mole ubicada a las afueras de Madrid nerviosa, con miedo a descubrir que las personas que estaban allí ingresadas tenían mucho más que ver conmigo de lo que estaba dispuesta a reconocer y atenazada por el presentimiento de que yo también acabaría mis días en un lugar como ese. En la entrada me pidieron mi documento de identidad y me hicieron firmar en un registro de visitas antes de hacerme pasar. Esperaba encontrarme un espacio lúgubre, algo así como una Casa del Terror llena de recovecos oscuros y gritos escalofriantes, pero lo que vi era más parecido a un hotel de cuatro estrellas de la Costa del Sol, porque en la familia habíamos decidido que, si había que ingresar a tía Constanza, lo haríamos en el mejor centro privado del país, costase lo que costase.

    Atravesé un salón con mesitas bajas, butacas y sofás; en un extremo había una barra en la que un camarero preparaba cafés y bocadillos, como si de un momento a otro fuera a dejarse caer por allí un grupo de excursionistas exhaustos. Me encaminé al jardín, un trocito de césped con dos o tres árboles frutales, y me senté en un banco a esperar. Agarré con fuerza mi bolso de manera instintiva cuando un hombre de mediana edad pasó a mi lado, caminando con paso inseguro; daba la impresión de que no se dirigía a ninguna parte en concreto. Al cabo de cinco minutos vi a tía Constanza acercarse a mí. Parecía más pequeña que nunca, con los hombros caídos y las manos temblorosas entrelazadas. Vestía un chándal gris —un atuendo insólito en ella, que siempre había sentido predilección por las blusas caras—, tenía el pelo revuelto y había dejado que se acumulara un hilillo de saliva seca en las comisuras de la boca; además, iba sin maquillar. Aunque en aquel momento sólo tenía cincuenta y siete años, de pronto me pareció vieja y la odié por mostrarme un aspecto tan desalentador, porque de nuestros ascendentes esperamos que nos transmitan la sensación de que lo tienen todo bajo control, para que nosotros podamos continuar creyendo que siempre nos quedará la opción de recurrir a ellos en caso de necesitar que resuelvan nuestros problemas. Su decrepitud nos coloca de golpe y porrazo en el lugar que nosotros mismos ocupamos, definitivamente alejados de la niñez y la adolescencia, avanzando sin remedio hacia ese punto de nuestra existencia en el que nosotros también seremos personas mayores con el pelo revuelto e hilillos de saliva seca en las comisuras de la boca.

Al llegar a la altura del banco, mi madrina se paró frente a mí y dudó, como si yo fuera una desconocida y no supiera si era más correcto besarme o estrecharme la mano. Me levanté y le di un abrazo rápido. Cuánto la había querido siempre y qué extraña me resultaba ahora, tan fuera de contexto.

Nos sentamos una junto a la otra y ella mantuvo la vista al frente, sin mirarme. Parecía que estuviera esperando a que llegara el autobús.

—Disculpa mi aspecto, Leandra —me dijo al fin, lo cual era un inicio de conversación bastante habitual en ella, porque tía Constanza siempre pedía perdón por todo, hasta por respirar—. Es que me han requisado mi perfume, las cremas y los productos de maquillaje. Ni siquiera me dejan tener secador en mi cuarto de baño. Cielo santo, qué se pensarán que voy a hacer con un secador.

—No te preocupes, tía Constanza. Yo te veo estupenda —mentí.

—Siento muchísimo todo lo que ha pasado —añadió, y a mí me pareció grotesco que continuara disculpándose en aquellas circunstancias. Cualquiera diría que en vez de clavarle un cuchillo a su hermana hubiera tropezado con un jarrón haciéndolo añicos.

—¿Cómo te encuentras? —le pregunté, en un esfuerzo desesperado por liberarme de la incomodidad.

—Muy desorientada, cariño, no sé qué me ocurrió. Y el

hecho de que estén todo el día dándome benzodiacepinas no ayuda mucho, ¿sabes? Esas pastillas me atontan y hacen que tenga la boca pastosa... Leandra, te juro que no sé qué me ocurrió aquella noche.

—No tenemos que hablar de eso ahora.

—Pero quiero hacerlo. Necesito que sepas que yo nunca he pretendido hacer daño a nadie.

Teniendo en cuenta el hilo de los acontecimientos, aquello sonaba a chiste, y sin embargo tenía una base muy sólida. La tía Constanza era una de las personas más bondadosas que yo había conocido nunca; de hecho, era tan buena que a veces me sacaba de quicio que no se enfrentara con más garra a la ironía con que sus hermanas solían dirigirse a ella.

—No recuerdo mucho. Sólo que estábamos en la cocina. Yo aclaraba los platos y se los pasaba a Valentina, que los iba metiendo en el lavavajillas. Un plato resbaló de mis manos y se me cayó al suelo; se rompió en tres pedazos. Entonces me dijo aquello tan hiriente y..., bueno, al parecer yo cogí un cuchillo..., había dejado los cubiertos de plata a remojo en el fregadero como suelo hacer, ¿sabes?... y, que Dios me perdone, la ataqué con él. Pero nunca quise hacerle daño, fue un impulso, como si no fuera yo quien lo hizo, ¿verdad que tú me crees?

—Espera, tía Constanza, ¿qué fue lo que te dijo ella?

Seguía sin mirarme y jugueteaba con las alianzas, la suya y la del tío Hilario, metidas dentro de una cadenita de oro que siempre llevaba colgada al cuello.

—Al menos esta cadena no me la han quitado. Mi querido Hilario, si él estuviera aquí, cuidando de mí, todo sería tan distinto... Él encontraría alguna explicación a todo este horror. Le echo tanto de menos... —murmuró.

—Tía Constanza, mírame, ¿qué te dijo la tía Valentina?

—¿Qué?

—Acabas de comentar «me dijo aquello tan hiriente...». ¿Qué era?

—Ah, eso. Me dijo: «Todo por ser tan patosa».

Tardé unos segundos en reaccionar.

—A ver, tía Constanza, ¿me estás diciendo que atacaste a tu hermana por llamarte patosa? ¿Pero qué tontería es esa?

Giró la cabeza hacia mí y vi las lágrimas rodar por sus mejillas.

—¿Sabes qué es lo mejor de estar aquí, Leandra? Que nadie te juzga. Si tienes que llorar, lloras: nadie te mira ni hace que te sientas mal por ello, nadie te pide que pases página, que seas fuerte, que sigas hacia delante, que te repongas. Es la primera vez en mi vida que disfruto de ese privilegio, el privilegio de la melancolía. Tu madre entendería lo que quiero decir.

—Sí, tía Constanza, pero estábamos hablando de que tu hermana te llamó patosa y luego tú le clavaste un cuchillo. Y, honestamente, me parece un sinsentido.

—Tú no lo entiendes, cariño mío. Celia tampoco pudo con ello. Para Valentina y Rita las cosas siempre han sido más fáciles que para nosotras dos. Valentina siempre ha pensado que todo sucede por algo y Rita..., ay, Rita es experta en fabricar un mundo a su medida. Yo debería aprender a hacer lo mismo.

Una enfermera se acercó hasta nosotras y nos anunció con mucha delicadeza que debía llevarse a mi tía al comedor.

—Aquí cenamos a las ocho en punto, igual que cuando era pequeña. Y por el día hacemos manualidades y gimnasia, ¿te lo puedes creer? A veces me da la sensación de que he vuelto a aquellos lejanos veranos de Alegranza. —La tía se secó las lágrimas, esbozó una sonrisa y se levantó del banco. Alisó con las palmas de las manos las arrugas que se habían formado en las perneras de su espantoso chándal.

Yo no supe hacer otra cosa más que levantarme también y darle un beso.

—Volveré a verte, te lo prometo.

Ella siguió a la enfermera y, cuando llevaba unos metros recorridos, se dio la vuelta y me dijo, elevando la voz:

—En mi propia habitación estaba el precipicio. ¿Cómo iba yo a poder soportarlo?

4

Durante aquel mes de julio fui a ver a la tía Constanza un par de veces más. La última de ellas coincidí con Berta, que apareció como por arte de magia en Madrid, con la cabeza rapada y pocas ganas de reencontrarse con su madre y con los problemas en general.

—¿Dónde está Álvaro? —me preguntó con indolencia cuando salíamos del psiquiátrico.

—Nos hemos separado —respondí en tono neutro. Y luego añadí para justificarme, como si fuera una folclórica—: Es una separación temporal. De momento he vuelto a mi piso de la plaza de Olavide, mientras aclaramos las cosas.

Berta obvió el apunte de la temporalidad.

—¿Separada tú, doña Perfecta? Como se entere María, te va a retirar el saludo —emitió una risa breve que me sonó igual que un graznido—. Bueno, tampoco es el fin del mundo, aunque la verdad es que ese tío te sentaba bien —dijo esto último como si en vez de sobre un marido estuviéramos hablando acerca de un menú sin gluten.

—Vaya, ni siquiera sabía que te caía bien Álvaro, menuda novedad. ¿Y qué hay de ti? ¿Tienes novio? ¿Qué es de tu vida, que nunca sabemos nada de lo que haces?

Se pasó la mano por la cabeza, quizá para tomar contacto con su nueva fisonomía.

—¿Novio, yo? A mí no me pillan en esas. Yo quiero ser como tía Rita. Ha sido la más lista de todas. Fíjate en cómo han acabado las demás.

Mi prima Berta, la que parecía siempre al margen de todo, la que se escaqueaba continuamente de la familia, tal vez no hacía más que observar desde la barrera a las hermanas De la Vega para protegerse de ellas.

—¿Qué crees que le ocurrió a tu madre para hacer algo así, Berta?

—¿En serio lo preguntas? Pues lo mismo que le pasaba a la tuya: que está loca. Y Valentina, igual.

—¿Valentina? Pero qué dices... ¡Si no había en el mundo persona más cuerda que ella!

—¿Cuerda? Venga ya, Leandra. ¿Acaso alguna vez has conocido a una farmacéutica a la que le dé pánico tomarse una simple aspirina? ¿Se puede estar más chiflada?

Su observación me hizo gracia. Era cierto que tía Valentina despachaba medicamentos a diestro y siniestro en su botica pero luego curaba sus propios males a base de infusiones y remedios caseros.

—Pues no lo había pensado de esa manera, la verdad. Pero, vamos a ver, volviendo a tu madre, ha sido siempre tan buena, entregada y tranquila... ¿Qué se le pasaría por la mente para hacer una cosa así de terrible? Tuvo que haber algo, Berta...

Íbamos caminando por la calle, una al lado de la otra.

Mi prima se paró y me miró.

—¿Sabes lo que creo? Que nunca debió volver a Alegranza. Cuando murió mi padre se empeñó en cerrar la casa de Oviedo e irse sola a vivir allí. Y, no sé, ese lugar siempre la ha puesto nerviosa. Una vez le pregunté a la tía Valentina por Alegranza, por la manera en que le afectaba a mi madre estar en aquella casa.

—¿Y qué te dijo?

—Que desde aquel verano mamá no había sido capaz de enfrentarse a las cosas con valentía. Luego cambió de tema, ya sabes que esas cuatro siempre han sido expertas en cambiar de tema.

—¿Desde aquel verano? ¿Qué verano?

—Y yo qué sé, Leandra. ¿No te digo que están todas chifladas? Eh, ahí viene mi autobús, ¡nos vemos!

Y se fue corriendo a subirse al vehículo detenido en la parada, a unos metros de nosotras, sin caer en la cuenta de que era el mismo que debía coger yo, porque debido a mi separación ahora vivíamos otra vez en el mismo barrio. Por una parte, agradecí tener que esperar al siguiente bus, para evitarme el trago de seguir charlando con ella. Al lado de la frivolidad de mi prima María y del egoísmo de mi prima Berta, yo prefería sin duda la supuesta locura de las tías.

En ese momento pasó a mi lado una mujer con el rostro de mi madre y me quedé observándola hasta que dobló la esquina.

Saqué el móvil del bolso y esperé a que descolgaran al otro lado de la línea.

—Papá, necesito hacerte una pregunta. ¿Tú sabes si

hubo algún verano en el que sucediera algo especial en Alegranza?

—¿Algo especial? Si por especial quieres decir lo contrario de normal, todo el tiempo pasaban cosas especiales. Entre tu tío Hilario, tu abuelo, tu madre y tus tías, le sacaban a uno de quicio, jaja. Esa familia siempre fue un circo.

—Hablo en serio, papá. ¿Crees que a mamá le gustaba ir a esa casa?

Tardó unos segundos en responder.

—No sabría decirte... Siempre quería ir allí, sí, pero no sé si más por auténtico deseo o por obligación. Pero allí se comportaba de manera distinta... Yo qué sé, nuestro matrimonio duró tan poco... Creo que no llegué a pasar más de un par de veranos en aquel pueblo de mala muerte.

Por lo que yo recordaba, Colunga, con su tranquilidad, su paisaje verde y su olor a mar, distaba mucho de ser un pueblo de mala muerte, pero papá era de los que siempre contaban la historia de manera que salieran teniendo razón.

—¿A qué te refieres con que se comportaban de manera distinta?

—Sí, como si volviera a estar a las órdenes de tu abuelo. Bueno, me imagino que es lo que sucede cuando vuelves a meterte en la casa de tu infancia. No sé, Leandra, no le des vueltas. Haz tu vida y no estés siempre tan pendiente de las hermanas De la Vega, deja de compararte con ellas.

Qué fácil era decirlo para alguien que había logrado escapar antes de que el gen de la locura pudiera siquiera rozarle.

5

—Sinestesia.

—¿Perdón?

Una voz con marcado acento francés me interpelaba al otro lado del teléfono.

—Que digo que usted comienza su texto contando que los olores de Grasse le evocan diversos colores y texturas. *D'accord*, como recurso poético no está mal, pero siento comunicarle que no ha descubierto la pólvora; eso tiene un nombre que cualquier persona con un poco de cultura debería conocer: se llama sinestesia.

Jean-Luc Peltier. Me había olvidado de él.

La entrevista que le había hecho al *nariz* mientras ambos paseábamos por el campo de rosas fue el último tema que entregué en la redacción antes de desaparecer por la puerta de camino a mi excedencia voluntaria. Hice un cálculo mental: el número debía de haber llegado ya a los quioscos. La revista se cerraba con tanta antelación que, cuando aterrizaba en las manos de las lectoras, para mí ya era agua pasada, apenas un recuerdo de lo que había ocupado mi tiempo meses atrás. En una época en la que todo cambiaba a un ritmo vertiginoso, las revistas de moda se cocinaban sin embargo a fuego lento, y quienes trabajábamos en ellas habitábamos un espacio temporal paralelo, hablando de biquinis en enero y de bolas de Navidad en septiembre.

—Ah, sinestesia, claro, debería haber hecho referencia a ese término... En fin, siento haber sido tan obvia. Por lo demás, ¿le ha gustado la entrevista?

—Bueno, el título no está mal: «El ladrón de aromas». Hummm..., me gusta. Espero que nadie lo interprete al pie de la letra y vaya a tener ahora problemas con la justicia.
—Se rio con ganas.

—Podría haber sido mucho peor, pensé en poner «El asesino de flores», porque lo que me contó del *enfleurage*, eso de ir colocando las flores sobre una bandeja de materia grasa para arrancarles el olor, es como, no sé, como despojarlas de su alma. Un asesinato en toda regla, vamos.

—*Mon Dieu*, un asesino nunca hablaría así —comenzó a leer, imprimiendo a cada palabra un tono de voz fingidamente pomposo—: «El perfume en el que estoy trabajando actualmente se inspira en una experiencia muy concreta de mi infancia, en esas tardes de verano durante las cuales mi madre, la mujer más importante de mi vida, tendía las sábanas recién lavadas en una cuerda sujeta entre dos árboles...».

Luego recuperó su timbre habitual para añadir:

—¿Yo dije eso? ¡Qué estupidez más grande! Creo que los dossieres de marketing me están haciendo un agujero en el cerebro: acabarán por volverme idiota. Fíjese que mi madre tenía servicio y era una de las personas más vagas que he conocido nunca; no creo que haya tendido una sola sábana en su vida. Menos mal que ya no está en este mundo para leerlo; estoy seguro de que me daría un buen sopapo. Aunque el sopapo me lo va a dar mi mujer como lleguen a sus manos estas páginas en las que digo que mi madre ha sido la mujer más importante de mi vida.

Cada vez me caía mejor ese tipo.

—Bueno, pero por otro lado se ha atrevido a contar que eso de dividir los perfumes entre masculinos y femeninos es una bobada, que el cuero no debería ser un ingrediente exclusivo de los hombres ni la peonía de las mujeres. Ese razonamiento no le gustará nada al departamento de marketing de Odeur, me temo.

—Ah, sí, el género de los perfumes, una cuestión interesante... Me gustaría ver la cara que se le pondría a Jaume Plensa si le preguntaran si sus esculturas están pensadas para ser disfrutadas por un hombre o una mujer... ¿Se lo imagina? Claro que Plensa es un artista con nombre propio; a nosotros, los perfumistas, ni siquiera nos permiten firmar nuestras obras. Pregunte por ahí quién es Olivier Cresp, a ver si encuentra a alguien que sepa responderle...

Algunos *narices* se consideraban a sí mismos meros artesanos, pero Jean-Luc Peltier iba más allá: al igual que había hecho en su día Edmond Roudnitska, creador de hitos como el *Eau Sauvage* de Dior, él reivindicaba que la perfumería era una categoría artística al mismo nivel que la pintura, la escultura o la música. En el caso de una persona con un talento como el suyo, esa consideración no parecía descabellada.

—En fin, Leandra, la llamaba para expresarle mi más sincero agradecimiento por la entrevista, que me ha gustado a pesar de ese arranque tan burdo, y para preguntarle si ya ha decidido algo.

—¿Decidido respecto a qué?

—Ah, *chérie*... ¡Pues respecto a qué va a ser! ¡Respecto a iniciarse en el mundo de la perfumería! Hagamos una prueba. Le doy un mes para que piense en la fragancia que mejor la define. Componga su estructura como si fuera una partitura musical; ya sabe, con notas de fondo, de corazón, de salida... Bueno, no he de explicarle a estas alturas en qué consiste una pirámide olfativa, lleva usted muchos años escribiendo sobre ello. Si me demuestra que tiene el potencial que creo que tiene, la ayudaré a hacer carrera en este sector.

Me parecía increíble que volviera a insistir en lo mismo, que un genio como él estuviera perdiendo el tiempo con una desconocida sólo porque esta hubiera acertado los nombres de unos cuantos aromas durante una cata improvisada. Claro que su propuesta no dejaba de ser atractiva: imaginarse a una misma en un laboratorio como el de Peltier, trabajando en algo tan inmaterial como definir aromas, rodeada de frascos y materias primas cuidadosamente elegidas, sin reuniones absurdas ni cláxones sonando fuera ni cientos de mails acumulados en la bandeja de entrada... Quién no querría verse así. Era una propuesta atractiva, sí, pero también sospechosa.

—Y si yo aceptara el reto, ¿qué ganaría usted? ¿Por qué tanto empeño?

—La continuidad.

—¿Perdón?

—Verá, Leandra, yo pertenezco a una familia de perfumistas. Mi bisabuelo enseñó los secretos de la elaboración de los perfumes a mi abuelo, y este a mi padre. No tengo hijos ni sobrinos, así que a alguien debería transmitirle lo que sé. Y, en cualquier caso, siempre he pensado que la trascendencia no se obtiene por la vía genética, sino por la intelectual. Lo que ocurre es que a mi alrededor siempre tengo pululando a aspirantes egocéntricos obsesionados con crear el nuevo *Nº 5*, algo que no sucederá jamás porque lo que hizo Ernest Beaux, el extraordinario perfumista de cabecera de mademoiselle Chanel, es irrepetible. Usted, sin embargo, está perdida. Tiene sensibilidad y no sabe hacia dónde enfocarla. Este puede ser un buen lugar y de ese modo yo me aseguraré de que mi legado se quede en buenas manos.

—Entonces ¿está pensando en retirarse?

—¿Retirarme? ¿Por qué habría de hacer tal cosa? No, no, yo crearé perfumes hasta el final; la de *nariz*, como la de escritor, es una de las pocas profesiones que no penalizan la vejez. Pero supongo que algún día moriré, lo cual será una gran pérdida para el mundo, y no quiero que todo lo que sé desaparezca.

—En todo caso... Ya le expliqué cuando nos vimos por primera vez que no me veo capaz de hacer algo así. Además, estoy en un momento de mi vida que...

Me interrumpió.

—Hablamos dentro de un mes. Puede llamarme al número que le aparece en la pantalla, es mi móvil personal. Busque los aromas que mejor definan lo que usted es; de dónde viene y adónde va. Sólo tiene que escribir una receta, no le pido nada más. Por ahora.

6

A la tía Constanza la dejaron salir del psiquiátrico, aunque nunca podría recuperar ya del todo su vida de antes, puesto que se le impuso la obligatoriedad de vivir tutelada por alguien cercano y de seguir un control terapéutico oportuno. Aun con esas restricciones, tuvo mucha suerte, según nos explicaron los abogados. Anulación de la voluntad, trastorno psicótico transitorio, exención de responsabilidad penal: esos y algunos más fueron los tecnicismos que escuchamos. Vamos, que no había sido dueña de sus actos. «Hay gente que comete un acto de extrema agresividad, debido a un factor estresante, pero no vuelve a comportarse así nunca más», argumentó un psiquiatra que prestó declaración durante el juicio. Todo aquello me pareció de una magnanimidad abrumadora, y deseé que a mí también me premiaran con un dictamen parecido, que alguien con la autoridad suficiente me entregara un diploma en el que pudiera leerse: «Certifico que Leandra Guzmán de la Vega no volverá a comportarse así nunca más», para poder mostrarlo siempre que metiera la pata. Con un diploma de esas características en mi poder, seguramente podría prescindir de ir a todas partes con un blíster de ansiolíticos escondido en el bolso, y quizá hasta dejaría de cruzarme con mi madre muerta allá donde fuera.

Lo que nadie escuchó en el juicio fue lo que yo sí le oí a mi tía en el psiquiátrico y aún retumbaba en mi cabeza: «En mi propia habitación estaba el precipicio. ¿Cómo iba yo a poder soportarlo?».

7

A finales de julio Madrid en general y mi casa en particular se me habían caído encima, derrumbando mi ánimo recién reencontrado. Pero no sabía muy bien cómo escapar de allí, adónde ir ni por dónde continuar trabajando en mi objetivo de poner un poco de orden a mis ideas. Por aquellas fechas, Álvaro y yo deberíamos haber estado pasando unas vacaciones en Creta, en un hotel *boutique* de sólo quince habitaciones con camareros que servían cócteles en la piscina, y en cambio me encontraba sola en mi piso del centro, con el ventilador apagado, comiendo patatas fritas de bolsa hasta que me dolía el estómago y sin más planes que el de lamentarme.

Encendí el ordenador y busqué de nuevo un vuelo a París.

Esta vez tía Rita me citó en la Brasserie Lipp, en el boulevard Saint-Germain. Llegué con diez minutos de antelación, a tiempo de pedir lo que a mí me apetecía y no lo que ella pensaría que me apetecía. El camarero movió la mesita cubierta con un impoluto mantel blanco, separada apenas unos centímetros de los comensales de al lado, para crear un pequeño pasillo que me permitiera acomodarme en el sofá de piel marrón. Le pedí un *tartare de boeuf* y me encogí en mi sitio al ver su cara de disgusto cuando añadí que quería acompañarlo con una Coca-Cola Zero. «*De l'eau plate, s'il vous plaît*», me corregí. Extendí sobre mis rodillas la servilleta, casi tan grande como el mantel, y me entretuve observando los azulejos con flores que recubrían las paredes y las lámparas de hierro con tulipas de cristal mate. A mi alrededor flotaban las conversaciones en ese idioma suave y elegante que tía Rita se había empeñado en enseñarme cuando yo era una niña. De pronto caí en la cuenta de que nunca le había dado las gracias por ello. Con lo útil que me había resultado dominar el francés para llegar a ser quien era.

—Leandra —escuché a mi lado.

Tía Rita había llegado a la una y media en punto, exactamente en el momento en que mi *tartare de boeuf* aterrizaba sobre la mesa.

—Perdona que haya ido pidiendo sin esperarte —me disculpé con hipocresía, aun a sabiendas de que ella habría hecho lo mismo.

La tía agitó la mano en el aire, quitando importancia a lo que acababa de decir, y con un gesto resuelto llamó al camarero. Luego se sentó en la silla colocada frente a mí y, sin consultar la carta, pidió un plato de *saumon fumé* con blinis y una copa de champán. A mi mente vino una frase de Dorothy Parker que había leído en algún sitio: «Tres son las cosas que nunca tendré: envidia, profundidad y suficiente champán». Claro que tía Rita no era Dorothy Parker: ella tenía muchísima más profundidad que la escritora y que la mayoría de las mujeres que yo conocía, aunque la revistiese de un halo de indiferencia. Apoyó los codos sobre la mesa y clavó en mí sus ojos grises. Me fijé en que llevaba el moño torcido.

—Y bien, ¿qué tal va tu descenso a las mazmorras familiares? Has vuelto por eso, ¿no? ¿Algún avance, señorita detective?

Yo nunca había jugado al mus, pero sabía perfectamente en qué consistía marcarse un órdago.

—Pues sí, algo he descubierto. ¿Podemos hablar de lo que ocurrió aquel verano en Alegranza?

Se echó hacia atrás y dejó caer los brazos a ambos lados; me observaba igual que si yo fuera una estúpida a quien llevara horas explicando cómo se hace una raíz cuadrada.

—¿Exactamente qué te ha contado mi hermana, Leandra?

El camarero se acercó con su pajarita negra y su pelo estirado hacia atrás con gomina y dejó sobre la mesa el champán y el salmón. Esperé a que se alejara para seguir jugando a que sabía más de lo que realmente sabía.

—Pues tía Constanza no ha entrado en detalles, pero ya estoy al tanto de que aquel verano ocurrió en Alegranza algo que mi madre nunca pudo superar. Algo a lo que tía Valentina quitaba importancia, y que tía Constanza ha llevado como una losa durante todos estos años. Algo que tú has querido borrar de un plumazo, como si nunca hubiera sucedido.

Pensé que se echaría a reír o me diría que tenía muchos pájaros en la cabeza, que iba por mal camino en mi intento de aportar algo de coherencia al relato de mi familia, pero su rostro permaneció inalterable.

—Eso fue lo que nos pidió nuestro padre —respondió apuntándome con el dedo—. Que lo borrásemos de nuestras mentes. Y sólo yo le hice caso. No tiene sentido articular toda una vida en torno a algo que ya no tiene remedio.

Pensé en aquel antiguo novio al que tía Rita nunca había vuelto a mencionar y sentí admiración por su capacidad para enterrar el pasado y mirar hacia delante. Ojalá yo fuera capaz de hacerlo, ojalá descubriera el truco para que cada uno de mis pasos quedara eliminado de manera automática por el siguiente, igual que la estela de las estrellas fugaces, en vez de ser una persona que seguía cruzándose en cada esquina con su madre muerta.

—Pero ¿qué fue lo que pasó? —insistí.

—Acabo de explicarte que lo borré de mi mente.

—No te creo.

Tía Rita arrojó su servilleta sobre la mesa e hizo un gesto al camarero para que le trajera la cuenta.

—¿Alguna vez te han dicho que eres insufrible? Vamos a mi casa, anda.

8

Tía Rita vivía a unos quince minutos a pie del Pont Neuf, uno de los fotogénicos puentes que cruzan el Sena. Cuando llegamos a su portal miré hacia arriba para comprobar que la bandera de Francia, ya un tanto raída, seguía colgando de su balcón, situado en la tercera planta. No dejaba de ser paradójico que la única bandera que se veía en toda esa fachada gris con contraventanas blancas perteneciera a una extranjera, pero es que a mi tía siempre le había gustado marcar distancia con sus orígenes. Aunque había nacido y crecido en el norte de España, se consideraba a sí misma más francesa que el *croissant* y la torre Eiffel.

Subimos a su piso y al entrar dejó caer las llaves sobre una pequeña bandeja de porcelana con la pantera de Cartier grabada en el fondo; a ella le encantaba hacer gala de ese tipo de detalles: la tía Rita era de la opinión de que hay que rodearse siempre de objetos bonitos para espantar el desánimo. Se dirigió en silencio a su habitación y la seguí por el pasillo decorado con obras de arte contemporáneo cuyos autores yo desconocía por completo, algo que jamás estaría dispuesta a reconocer delante de ella. Abrió un armario y de él sacó una enorme caja naranja de Hermès que probablemente habría contenido en su día el precioso bolso Kelly que la tía Rita solía llevar a menudo y que, según me había prometido, algún día sería mío. «Eres la única de mis sobrinas que tiene un poco de buen gusto; por mucho que María se funda el dinero en las tiendas de marca, es casi peor que Berta, al menos ella cuenta con un mínimo de personalidad», me había dicho, dejando claro que si el honor de heredar su Kelly recaía en mí era más por demérito de mis primas que por mérito propio. Apartó la tapa de la caja y removió entre los documentos, fotos y catálogos de exposiciones pasadas que había dentro. Del fondo extrajo cuatro cuadernos forrados con tela verde. Me los tendió, todavía sin pronunciar ni una sola palabra.

—¿Qué es esto? —le pregunté, sin atreverme a cogerlos porque temía que fueran lo que yo pensaba que eran.

—Sabes perfectamente qué es esto: los diarios de tu madre —respondió desafiante.

—¿Y por qué los tienes tú? Los busqué cuando mamá murió, porque siempre la recordaba escribiendo en ellos. Los busqué desesperadamente.

—No te pongas dramática, Leandra. Los cogí cuando vaciamos su casa. Bueno, la casa que le puso tu abuelo en Oviedo, para ser más exactos. No creímos que hubiera que dárselos a una niña, todas estuvimos de acuerdo.

—¿Todas?

—Sí, todas. Valentina, Constanza, yo. A las tres nos pareció lo mejor.

—¿Y qué pasa conmigo? Soy su hija. Era su hija. ¿Por

qué no me los disteis a mí? Si no en ese momento, más adelante, cuando me hice mayor. ¿Por qué no os molestasteis en saber qué opinaba yo? Y, sobre todo, ¿por qué me mentisteis? ¡Os pregunté expresamente por estos cuadernos muchas veces! —No quería gritar, pero lo estaba haciendo.

—Sólo queríamos protegerte, Leandra. En cierto modo, aquí habla de nuestra historia. Y no nos parecía justo que tú la heredaras. Pero aquí los tienes: tú lo has querido. Espero que te diviertas.

Le arrebaté los cuadernos de las manos, furiosa.

Salí de allí dando un portazo, sin despedirme. Me alegré de no haberme alojado en su casa porque así podía perderla de vista. Volví caminando al hotel a un paso tan rápido que empezó a faltarme el aire, con aquellos cuadernos apretados contra mi pecho y sintiendo unas ganas tremendas de chillar, de llorar, de insultar a esas cuatro hermanas —mi madre y mis tres tías— de cuya influencia parecía que no iba a poder librarme nunca.

9

Me había alojado en un hotelito del barrio de Montmartre que tenía un mostrador de madera a la entrada y, un poco más allá, un restaurante presidido por una gran mesa en la que algunos huéspedes desayunaban por la mañana, unos junto a otros, con el ordenador portátil encendido delante del tazón del *café au lait*.

Mi habitación era pequeña y bonita, con una cama con cabecero azul y una ventana que iba del techo al suelo y daba a un patio de manzana. En París, hasta los patios de manzana más grises tenían para mí un encanto especial. Me descalcé, me quité la ropa y me puse el albornoz que había en el cuarto de baño, porque necesitaba estar cómoda para enfrentarme a aquellos cuadernos que me iban a dar las claves de mi pasado. O eso suponía yo antes de abordarlos.

Empecé a leer.

Con cada línea que avanzaba, mi decepción iba creciendo.

En esos cuadernos no había una narración de hechos, ni una sucesión lógica de acontecimientos, y ni siquiera quedaban registrados los sentimientos que había experimentado mi madre en la época en la que los escribió.

En esos cuadernos había listas. Una detrás de otra. No eran exactamente como las que yo anotaba en mi propia Moleskine, sino listas más prosaicas. Listas con el contenido de todos los armarios de la casa, listas de la compra, listas con nombres de plantas, listas de ciudades a las que cualquiera querría viajar, listas de ciudades que nadie desearía pisar nunca, listas de razas de perros, listas de palabras esdrújulas, listas de libros por leer, listas de inventos que habían cambiado la historia de la humanidad, listas de colores, listas de las listas desgranadas en las páginas precedentes.

Fui abriendo los cuatro cuadernos por páginas aleatorias para comprobar, desalentada, que en todos ellos había listados, siempre escritos con tinta azul y encabezados con la fecha en que supuestamente habían sido redactados. «En cierto modo, aquí habla de nuestra historia», me había dicho tía Rita. ¿Cómo podía ser tan falsa, por qué jugaba conmigo de esa manera? Arrojé los cuatro cuadernos contra la pared, furiosa. Cuando me calmé, me levanté de la cama en la que me había tumbado previamente para leer la herencia vacía de mi madre y fui a recoger las libretas del suelo. Entonces me percaté de que una de ellas se había quedado abierta por una página cuyo listado no había sido escrito con tinta azul, sino roja.

Leí el título:

Cosas que podría haber hecho Juan.

Y a continuación:

Juan podría haber estudiado Medicina.
Juan podría haber sido Premio Nobel.
Juan podría haber plantado un huerto.
Juan podría haber descubierto una vacuna.
Juan podría haber sido músico.
Juan podría haber subido el Everest.
Juan podría haber recorrido Europa con una mochila.
Juan podría haberse bañado cada día en el mar.

Y así una hoja entera.

¿Quién demonios era Juan? ¿Y por qué mi madre utilizaba ese tiempo verbal que indicaba algo que pudo haber sido pero no fue?

¿Era Juan el hijo que había deseado Celia y que nunca tuvo, tal y como me había sugerido tía Rita?

Debajo de esa enumeración, lo siguiente:

OJALÁ YO HUBIERA HECHO ALGO.

Me senté en el suelo y volví a repasar los cuatro cuadernos, página a página, tratando de encontrar en ellos algo con un mínimo de sentido.

Y entonces, en otra de las libretas, me topé con una lista que contenía una enumeración de preguntas.

¿Qué habría pasado si papá no se hubiera ido a América?
¿Qué habría pasado si nunca hubiera existido Alegranza?
¿Qué habría pasado si hubiera amanecido lloviendo?
¿Qué habría pasado si no nos gustara tanto el mar?

Ahora sí que no entendía nada.

10

Me dolía tanto la cabeza que sentí la necesidad de pasear para despejarme. Dejé los cuadernos sobre la cama, me desprendí del albornoz —que se quedó desmayado sobre la moqueta—, me vestí y salí del hotel. Estaba indignada conmigo misma. Había puesto en pausa todo mi presente para tratar de ordenar mi pasado y discernir hacia dónde debía encarrilar mi futuro, y lo único que había conseguido era tener acceso a cuatro libretas en las que mi pobre madre loca escribía sinsentidos. Quizá me estaba complicando demasiado, quizá las conclusiones resultaban bastante más claras de lo que yo quería creer y se resumían en el diagnóstico que había hecho Berta: que mi tía Constanza, igual que mi madre, debía de tener un problema mental que la había llevado a actuar como lo había hecho, y a mí más me valía ponerme en manos de un psiquiatra cuanto antes para no acabar de la misma manera. No había mucho más que analizar, por más que yo me empeñara en buscar señales ocultas por todas partes.

Empecé a caminar sin rumbo fijo y sentí envidia de la gente que estaba tomando café en las *brasseries*. No pude evitar pensar que todas esas personas estarían charlando de asuntos intrascendentes, anclados en esa situación privilegiada que te permite pasar el rato hablando de temas que no tienen importancia alguna. ¿Por qué no podía ser yo igual, por qué no era capaz de retroceder a los tiempos en los que yo también hablaba de cosas anodinas? Seguí avanzando por esa ciudad magnífica que tía Rita había hecho suya y a la que yo también volvía siempre que tenía la mínima oportunidad. La ciudad de los desfiles de alta costura, de los museos espléndidos, de los soportales románticos, de las mujeres con ese *je ne sais quoi* que las lleva a mirar por encima del hombro al resto de las europeas.

Aquella tarde no había ni rastro del habitual cielo plomizo de París y el sol se proyectaba sobre los hombros de las extranjeras que se hacían *selfies* sentadas en la escalinata del Sacré-Coeur. Rodeé la imponente basílica y me dirigí hacia la place du Tertre, con sus caballetes de pintor pasado de moda desperdigados aquí y allá. Pasé junto a un puesto callejero de libros antiguos y a mi memoria vino aquel día de Sant Jordi que me pilló en Barcelona con Álvaro: nos habíamos alojado en una habitación de hotel cuya ventana daba a la Rambla de Cataluña y, al despertarnos, tuvimos que frotarnos los ojos para asegurarnos de que esa alfombra de casetas con libros y rosas no era producto de nuestra imaginación. Nos duchamos rápido y bajamos a la calle para fundirnos con el resto de la gente, y nos regalamos publicaciones y flores el uno al otro y nos prometimos que de entonces en adelante siempre regresaríamos a Barcelona cada 23 de abril para celebrar Sant Jordi.

Nunca lo hicimos.

Dejé los recuerdos a un lado y seguí caminando a buen paso por la rue Norvins; las bailarinas me rozaban los talones, pero no quise prestarles atención. En la curva que dibuja la avenue Junot me fijé en una callejuela que se abría a la izquierda. Leí el rótulo azul con las letras en blanco: VILLA LÉANDRE. Mira por dónde: tenía una calle en París y ni siquiera era consciente de ello, concluí con amargura. Era una vía en la que jamás había reparado, de apenas unos metros de longitud, con unas pocas casitas de dos o tres plantas a ambos lados y otra edificación de las mismas características al final, haciendo chaflán. Un callejón sin salida, un *cul-de-sac*. Recorrí Villa Léandre, empezando por la acera de la derecha, haciendo un suave giro a la altura de la casa del fondo y regresando por la acera de la izquierda. Sólo entonces comprendí que los callejones sin salida sí que tienen salida; basta con volver sobre tus pasos y regresar al inicio de la calle.

Tenía que volver a Alegranza.

TERCERA PARTE

Cuando eres pequeño te transformas en una persona distinta todos los años. Suele ser en otoño, cuando vuelves al colegio, ocupas tu sitio en un curso superior y dejas atrás el letargo y el desorden de las vacaciones de verano. Es entonces cuando aprecias el cambio con más nitidez. Después no estás seguro del mes ni del año, pero los cambios continúan siempre igual. Durante mucho tiempo te desprendes del pasado con facilidad y de una forma que parece automática y adecuada. Las escenas del pasado, más que desvanecerse, dejan de tener importancia. Y entonces se produce una brusca vuelta atrás, lo que está acabado y bien acabado resurge de repente, requiere tu atención, incluso que hagas algo al respecto, aunque salte a la vista que no se puede hacer nada.

ALICE MUNRO, *Demasiada felicidad*

1

Llegué poco antes de las ocho de la tarde. No había perdido ni un minuto; en cuanto el avión aterrizó en Madrid procedente de París me fui directa a casa, dejé abandonado el *trolley* sin abrir en medio del pasillo y lo sustituí por una bolsa de mano en la que metí un par de sudaderas, un vaquero, unas deportivas, un biquini y poco más. Arrojé mi improvisado hatillo dentro del maletero y conduje hasta Colunga sin detenerme una sola vez, a pesar del tráfico intenso. Ni siquiera me paré a pensar que era 1 de agosto, el peor día del año para recorrer el trayecto de Madrid a Asturias en coche. A medida que me acercaba a mi destino perdí el rastro del sol y a cambio me saludó un cielo cargado de nubes. Estaba de vuelta a mi pasado.

Después de la última curva, esa que tantas veces había surfeado de pequeña a lomos de mi bicicleta BH con el cesto de mimbre sujeto entre los manillares, apareció ante mí la silueta de Alegranza, la casa familiar que no pisaba desde hacía por lo menos diez años. Aunque había algunas grietas en el muro y el jardín se había vuelto indómito, con la maleza avanzando a su antojo por la escalera de piedra de la entrada, por lo demás se mantenía más o menos como yo la recordaba, imponente y señorial. La misma fachada soberbia, con los balcones en las tres ventanas principales desde los cuales podía verse el mar en los días despejados, y la misma palmera enorme a la derecha, un poco inclinada, en permanente amenaza de precipitarse sobre el tejado. Detrás de la casa se avistaba la sierra del Sueve, en cuyos picos de tonalidades ocres se quedaban prendidas las nubes. No dejaba de ser una ironía que el abuelo Tomás hubiera bautizado esa casona insertada en un paisaje tan asturiano con el nombre de un islote canario. Según me contó una vez tía Valentina, su padre había viajado en cierta ocasión a Lanzarote y, al contemplar desde lo lejos aquel trozo de apenas diez kilómetros cuadrados de tierra salvaje rodeada de mar, comentó que así se había sentido él al poner rumbo a América: solo y con todo por hacer. Alegranza era su isla conquistada, y la fachada de aquella casa tenía un tono rojizo como rojas eran las playas volcánicas de ese lugar mágico cuyo nombre había tomado prestado.

Dejé el coche fuera y, al salir de él, enseguida me noté el cuerpo revuelto. Sentí cómo la bajada de temperatura —debía de hacer por lo menos quince grados menos que en Madrid— me ponía la piel de gallina bajo mi vestido ligero. Saqué del bolso el juego de llaves que había pertenecido a mi madre y que yo guardaba en una de las cajas que Álvaro me había mandado en el último trasvase de objetos personales desde su casa de Pozuelo hasta mi apartamento de la plaza de Olavide. La verja de hierro pintada de gris se abrió con un lamento. Recorrí a pie el camino de gravilla bordeado a ambos lados con arbustos cargados de hortensias azules, idénticas a las que un día no tan lejano habían compuesto mi ramo de novia. Nada más franquear la puerta principal de Alegranza me recibió un intenso olor a humedad y una sensación extraña de haber retrocedido en el tiempo. Abrí las contraventanas de la planta baja y subí casi corriendo, mientras los peldaños de las escaleras crujían bajo mis pies, a la habitación de tía Constanza, ubicada en el primer piso.

Su cuarto aún mantenía algunos elementos de la decoración de cuando ella era niña —las muñecas de porcelana, los angelitos rechonchos de cerámica—, mezclados con otros objetos de su yo adulto, además de algunos detalles que servían de puente entre todas las etapas de su vida, como la figurita de la Virgen de Covadonga velando el sueño desde la mesilla de noche. Otra cosa que siempre se había mantenido ahí, inmutable, era el papel pintado de las paredes, un diseño rimbombante de rosas que se repetía en la tela que cubría la mesa camilla y las dos butacas que componían el principal mobiliario de la estancia. Había rosas por todas partes, incluso forrando la parte interior de la puerta de manera que si esta se encontraba cerrada era difícil localizar la salida, pero estas rosas no desprendían un aroma embriagador como las de Jean-Luc Peltier, sino que más bien parecían formar parte de una naturaleza muerta. A través del espejo del armario me vi a mí misma en medio de aquel jardín artificial y me pareció que yo era una de esas bailarinas que dan vueltas sin ton ni son encerradas en una caja de música.

Después de recorrer la habitación con la mirada me quité las sandalias, me senté en la cama con dosel —la espalda apoyada en el cabecero y las piernas estiradas ante mí— y ya no supe qué más hacer.

Y entonces lo vi. El cuadro. Justo enfrente de mí, colgado de la pared. El cuadro que había estado contemplando mi madrina cada noche antes de acostarse durante sus veranos de niña y de mujer casada, y de nuevo luego, día tras día, a lo largo de su viudedad, después de que muriese el tío Hilario y ella decidiera cerrar la casa común de Oviedo para instalarse sola en Alegranza. Se trataba de una acuarela en la que predominaban dos colores intensos: en la parte superior del papel, el azul oscuro del mar salpicado con algunas vetas blancas; debajo, el verde pajizo del prado. La figura de una niña —quizá la propia Constanza, o acaso era alguna de sus hermanas— caminaba por el terreno verde, de cara al espectador y dejando el mar a su espalda, con un mechón de pelo cruzándole la frente y la cabeza fija en el suelo, seguramente para no tropezar con alguna piedra. La perspectiva de la acuarela mostraba una imagen irreal, porque entre el mar y el prado sólo se perfilaba una línea, cuando por lógica tenía que haber un acantilado que no aparecía en la pintura. Un precipicio.

Volvieron a mí las palabras que había pronunciado tía Constanza cuando fui a visitarla al centro psiquiátrico por primera vez: «En mi propia habitación estaba el precipicio».

No era una frase metafórica, entonces.

Escudriñé cada detalle del paisaje que mostraba aquel cuadro hasta alcanzar la convicción de que yo había paseado alguna vez por allí; debía de ser algún punto de la costa comprendido entre Colunga y Caravia, en ese tramo en el que se sucedían todas aquellas playas cuyos nombres me había aprendido cuando era niña y solía recitarlos por su orden geográfico como si se tratara de la tabla de multiplicar: La Isla, El Barrigón, La Espasa, La Beciella, Arenal de Morís. Me fijé en que el autor de la pintura, quienquiera que fuese, había escrito en la esquina inferior derecha dos palabras: «La Atalaya». Hice memoria. Si no recordaba mal, La Atalaya era un cabo en torno al cual había un conglomerado de rocas que formaban piscinas naturales entre La Beciella y el Arenal de Morís, un sitio secreto para bañarse que sólo conocían unos pocos habitantes de aquella zona, el lugar preferido por quienes estaban dispuestos a arriesgarse a una caída con tal de disfrutar de un atardecer espectacular, amén de refugio para los pescadores locales. Cuando era pequeña, a mis primas y a mí nos tenían terminantemente prohibido bajar a La Atalaya, por el peligro que entrañaba, así que únicamente habíamos podido observar su majestuosidad desde lo lejos.

Sentí que me faltaba el aire, que una vez más se me bloqueaba el diafragma.

Miré por la ventana; aún había luz iluminando el exterior. ¿Y si me acercaba hasta allí? ¿Entendería algo del arranque de locura de tía Constanza si volvía a pasear por aquel escenario de mi infancia que al parecer había ejercido un influjo extraño sobre ella? Me desprendí del vestido y saqué de la bolsa de mano los vaqueros, las deportivas, una camiseta y una sudadera. Me cambié de ropa y luego bajé las escaleras a toda prisa; alcancé la puerta, crucé el camino de gravilla y salí por la verja, sin pararme a comprobar si se había quedado entreabierta. Conduje un par de minutos hasta llegar a uno de los aparcamientos de la playa de La Espasa, que a esas horas ya estaba prácticamente vacío; sólo quedaban un par de furgonetas en las que los surfistas cargaban sus tablas, con la parte superior de sus trajes de neopreno colgándoles indolentemente de la cintura. Seguí a pie en dirección al este por el camino que iba bordeando la montaña, paralelo al mar. Empezaba a *orbayar* y tuve que usar las mangas de mi jersey para secar la finísima lluvia que empapaba mi cara y apenas me dejaba ver; boqueaba como un pez arrojado sin conmiseración a la cubierta de un barco. Tras recorrer un par de kilómetros, me salí del caminito de tierra y seguí avanzando de frente al Cantábrico; bajo mis pies desapareció la hierba y empecé a descender por las rocas del acantilado que recortaba la montaña. Podía escuchar cada vez más fuerte el sonido de las olas, que rompían justo debajo de mí.

Estaba descendiendo con mucho cuidado, con las manos apoyadas en aquella pared de tierra y piedra, cuando mi pie derecho resbaló y me precipité al vacío.

2

—Agárrate a mí.

Una roca con la superficie pulida por los embates del clima había evitado que cayera más abajo, donde el mar golpeaba con virulencia. Me descubrí a mí misma tumbada sobre ese lecho duro y frío y noté cómo un hilo de sangre resbalaba por mi ceja derecha, pero creo que no llegué a perder el conocimiento. Me sentí avergonzada de que un hombre unos cuarenta años mayor que yo, prácticamente un anciano, tuviera que ayudarme a levantarme.

—Ven por aquí —me dijo, sujetándome del brazo.

Serpenteamos entre aquellas rocas hasta llegar a un sendero de tierra que ascendía montaña arriba. Él empezó a recorrerlo con agilidad, dando grandes zancadas delante de mí y parándose a cada poco para asegurarse de que le seguía, y ya no me pareció un hombre tan viejo; era como si su cara y su cuerpo pertenecieran a dos personas distintas.

El sendero se fue haciendo cada vez menos empinado, hasta que desembocamos en un prado abierto. Se estaba haciendo de noche.

—Vivo aquí al lado, ven conmigo.

Llegamos a la carretera general y esperamos a que no hubiera tráfico; me pareció ver a mi madre al volante de un coche rojo que pasó raudo por delante de nosotros. Cuando estuvo despejado, cruzamos uno al lado del otro, yo todavía un poco mareada. Debíamos de formar una extraña pareja. Subimos por una callejuela hasta alcanzar una pequeña plaza en la que había un hórreo. A la derecha de esa construcción típica asturiana se alzaba una casa de piedra, con una especie de cobertizo al lado en el que pude distinguir un tractor y un desorden de aperos de labranza. Sobre la carrocería del tractor leí, en letras plateadas, la marca: Lamborghini. Me planteé si el golpe me había afectado a la vista, porque desconocía que esa firma pudiera fabricar un tipo de vehículo que no fuera un coche de superlujo.

El hombre abrió la puerta de la casa, que era de madera y estaba pintada de un granate desgastado, y me invitó a pasar.

—Siéntate —me ordenó, señalando con la cabeza un salón con chimenea que había al fondo del pasillo.

Obedecí y él desapareció de mi vista. Regresó al poco rato, ya sin el chubasquero que antes le cubría del cuello a las rodillas, y llevaba en las manos un tazón de leche caliente y una lata de galletas en la que no había nada comestible, sino gasas, esparadrapos y otros elementos de lo que parecía ser un precario botiquín.

—Bebe. Te ayudará a entrar en calor —dijo.

Me curó la herida de la ceja mientras yo apuraba la bebida intentando disimular la repugnancia que me producía su sabor. Ni siquiera recordaba la última vez que me había tomado un vaso de leche caliente.

Mi salvador era un hombre alto y fuerte, con arrugas muy profundas surcándole la cara y una cabellera densa pero totalmente blanca. Tenía bigote y me fijé en que sus botas de montaña estaban atadas con unos cordones de color naranja fosforito. Era la única nota discordante que pude percibir en su aspecto, por lo demás tan en sintonía con la estética áspera no ya de la casa sino de la totalidad del entorno en el que esta se ubicaba.

—Muchísimas gracias por ayudarme —murmuré cuando él ya estaba guardando en la lata todo lo que había sacado de ella.

—No hay de qué. ¿Qué hacías ahí? ¿No sabes que al Cantábrico hay que tenerle respeto? A ver si te pensabas que esto es Benidorm... Los turistas no tenéis remedio.

—Ya, ya, qué tonta he sido... Sólo estaba dando un paseo. Bueno, y no soy exactamente una turista. Acabo de llegar de Madrid, voy a pasar unos días en Alegranza, la casa de mi familia, no sé si la conoce.

Me pareció que se le nublaba la vista y, al volver a hablarme, su voz había cambiado por completo. Ahora era más ronca que antes y además desprendía un matiz de amargura.

—¿Alegranza? ¿Y qué coño haces tú ahí? Es la casa de Constanza, y ella no está aquí ya. Se marchó en Navidades y que yo sepa no ha regresado aún.

Me sorprendió no tanto el exabrupto como oír en su boca el nombre de mi madrina y el hecho de que tuviera controladas sus idas y venidas, pero entonces caí en la cuenta de que en los pueblos todo el mundo se conoce. Habían pasado ya unos cuantos años desde que mi tía se había quedado viuda y había fijado su residencia habitual en Colunga, así que era lógico que la tuviera localizada.

—Soy su sobrina, Leandra. —Le tendí la mano sonriendo, a modo de presentación, pero él obvió mi gesto—. Leandra, la hija de Celia. Celia era una de las hermanas De la Vega, hija de…

—Sé perfectamente quién era Celia —me interrumpió—. Esa herida no es gran cosa. Tómate una aspirina antes de meterte en la cama y mañana te encontrarás mejor.

Se levantó del banco de madera en el que se había sentado para curarme y se dirigió a la salida. Yo también me levanté y le seguí. Al pisar la calle me giré para darle otra vez las gracias, pero ya había cerrado la puerta a mis espaldas.

3

Al día siguiente amanecí con dolor de cabeza y los pies fríos. Alegranza no era una casa calurosa ni siquiera en agosto, debido a la enormidad de los espacios y al hecho de que el viento se colara por aquellas ventanas de madera sin aislamiento alguno. Al mirar el reloj de la habitación que había pertenecido a mi madre y tía Rita —la que elegí para instalarme, aquella que tenía las paredes pintadas de un color verdoso similar a la tonalidad del musgo que cubría el muro de la finca—, me di cuenta de que había dormido nueve horas del tirón. La cercanía del mar, unida al agotamiento por la caída de la tarde anterior, parecía haber tenido en mí el efecto de un potente sedante. O acaso era que Alegranza al fin había decidido mecerme a mí también, tal y como siempre había hecho con mi prima María. A mi mente vino una escena del pasado, cuando una bombona de butano explotó en una de las casas del pueblo, sin dejar ningún muerto, pero sí muchos desperfectos además de un espectacular estruendo en mitad de la noche. Toda la familia se precipitó en pijama al jardín alertada por el sonido de la explosión y, un par de minutos más tarde, la abuela entró en pánico al percatarse de que María no estaba junto a los demás. La encontraron durmiendo plácidamente, ajena al desconcierto, lo cual provocó que el tío Hilario la llamara, a partir de entonces y hasta el final de sus días, la Bella Durmiente.

Tenía la impresión de que habían pasado siglos desde todo aquello. Ahora estaba sola y a mi alrededor únicamente reinaba el silencio. Bajé las escaleras y abrí las contraventanas de la cocina; la luz fue a chocar contra los azulejos blancos y me fijé en que las sartenes y los cucharones colgaban de ganchos dispuestos a lo largo de la pared, exactamente igual a como habían estado siempre. Al abrir la puerta que conectaba aquella estancia con el jardín escuché la cadencia de los cencerros de las vacas y el zumbido de una segadora afanándose en algún prado cercano. Me agaché ante la alacena de madera para ver si encontraba algo para desayunar. Sólo localicé una caja de madera con un puñado de bolsitas de té dentro. Puse el agua a hervir y me senté a esperar, con los pies descalzos apoyados en la silla, los brazos rodeando las piernas y el mentón sobre las rodillas, sintiendo el olor a aire fresco y hierba recién cortada que me llegaba del exterior.

De repente me vi a mí misma casi treinta años atrás, sentada en la misma posición en aquella misma cocina, en uno de esos días agosteños en los que a mamá aún no le había vencido el gen de la locura y todos los miembros de la familia pasábamos los largos meses del verano en la casa de vacaciones de los abuelos. Yo dormía en la habitación del altillo con Berta y María, nos acostábamos en sendos colchones desperdigados por el suelo y nos tapábamos con mantas de lana que picaban al contacto con la piel. Incluso de niña dormía mal, así que por aquel entonces solía levantarme la primera y descendía las escaleras, agarrada a mi almohada, en dirección a la cocina.

—Hay que ver lo mucho que madruga esta niña —me saludaba el abuelo.

Él era todavía más madrugador que yo. Siempre le encontraba bebiendo el segundo café de la mañana mientras leía el periódico. La abuela, sin embargo, tenía la costumbre de levantarse muy tarde, cuando los demás ya nos habíamos ido a la playa o, si hacía mal tiempo, a tomar el aperitivo con los chubasqueros puestos. La abuela Covadonga opinaba que ir a la playa era una ordinariez y tomar el sol una modernidad propia de gente poco refinada, y gracias a eso pudo presumir hasta su muerte de tener una piel lisa y sin una sola peca. Sin embargo, nunca supe muy bien qué tenía en contra de aquellos aperitivos caóticos y divertidos en los que tomábamos bígaros y calamares resguardados en un restaurante con grandes ventanales que daban al mar.

Por aquel entonces, el abuelo Tomás solía prepararme el desayuno; luego me daba un beso en la coronilla e iba a encerrarse en su despacho con puertas de cristal, desde donde hacía llamadas a la redacción de su periódico para que le contasen cómo se presentaba la jornada. Se exasperaba cuando el redactor jefe le explicaba que no había grandes titulares que llevarse a la boca, ninguna noticia más allá de las consabidas romerías que iban tomando el testigo de pueblo en pueblo en los plácidos días de verano. «¡No hay temas intrascendentes, sino periodistas aburridos!», bramaba desde el interior de su despacho, una frase que las nietas repetíamos entre risas, imitando su voz de trueno, cuando jugábamos en la playa. Mientras el abuelo arrancaba el día tras aquellas puertas de cristal, yo permanecía sola en la cocina, aguardando a que se fueran sentando a la mesa mi madre y mis tías (no recuerdo haber visto nunca a mi padre en Alegranza, pues las pocas veces que estuvo allí yo era todavía un bebé, y en cuanto al tío Evaristo y el tío Hilario, creo que desayunaban, cada uno por su lado, en alguno de los bares del pueblo).

El ritual de llegada de las cuatro hermanas De la Vega no variaba nunca, como si se tratara de una función de teatro muchas veces ensayada. La primera en asomarse por la puerta, sobre la que solía haber un cuadro de *petit point* que ahora había desaparecido, era tía Constanza. Creo que ella también se levantaba pronto, pero sospecho que esperaba a que el abuelo se hubiera retirado a su despacho para unirse a mí ante las tazas de loza azul celeste. Me saludaba sonriendo, descalza igual que yo, aunque ella vestía delicados camisones blancos de puntillas, igual que una novia en su noche de bodas. Después aparecía tía Rita, que dormía con un pijama masculino, siempre tan práctica, y bebía el café solo, sin leche ni azúcar. La seguía tía Valentina, ya duchada y vestida porque debía de pensar que mostrarse con la ropa de dormir era exponerse demasiado, y la última en unirse al desayuno era mamá, que solía cubrir su camisón de algodón con una bata de color pastel. No recuerdo a mis primas sentadas ante aquella mesa, aunque por lógica debían de estar desayunando con nosotras, pero en la foto que guardo en mi memoria sólo están Valentina, Celia, Rita y Constanza. Las cuatro mujeres que me servían de espejo cuando era niña, en esa época en la que yo me preguntaba en cuál de todas ellas acabaría convirtiéndome cuando fuera mayor.

Jamás conseguí discernir cuál de todas era mi preferida.

Vertí el agua hirviendo en la taza donde había depositado una bolsita de té negro y, con ella en la mano, bajé al garaje. Allí fui recopilando todos los frasquitos de cristal que había almacenados en una estantería metálica, herencia de la época en la que la tía Valentina estudiaba Farmacia. Los lavé concienzudamente y después me dediqué a trasladarlos por tandas al piso de arriba. Los dispuse en la mesa rectangular de la galería, situada en la parte trasera de la casa y cuyos ventanales daban a aquellas montañas siempre rodeadas de bruma en las que vagaban los asturcones. Había decidido que llenaría cada uno de los recipientes con todas las materias primas que pudiera recolectar en las inmediaciones de Alegranza. En aquel lugar era donde nacía mi memoria olfativa, así que no podía encontrar un sitio mejor para acometer el reto que me había propuesto Jean-Luc Peltier, el de crear un perfume que me ayudara a explicarme a mí misma.

4

Peltier me había contado que crear un perfume era parecido a componer una canción, pero yo no sabía nada de música. También me había explicado que todo se resumía al final en un juego de equilibrio, aunque equilibrio era justo lo que a mí me faltaba.

Hecha un mar de dudas respiré hondo y decidí empezar por lo más obvio: concebir un aroma en torno a la rosa, un tema eterno en el mundo de la perfumería. Al fin y al cabo, ¿no era esa la flor que poblaba las paredes de la habitación de tía Constanza? ¿Y no era ella, mi madrina, quien con su terrible arranque de Nochebuena había desatado todos los fantasmas que yo llevaba dentro? Me puse a trabajar en ese concepto, aunque sólo tardé un par de horas en desecharlo, preguntándome qué podía sacar de un ingrediente tantas veces reproducido por los mejores *narices* del mundo. Además, apenas hacía unas semanas que había descubierto *Rose & Cuir*, una reinterpretación de la rosa a partir del geranio en la cual la faceta cursi de las esencias florales quedaba neutralizada con la presencia grave de la isobutil quinolina, una molécula sintética con olor a cuero, lo cual resumía las contradicciones de tía Constanza, su delicadeza y su brutalidad, mucho mejor de lo que yo podría lograr nunca.

Exasperada, abandoné mis bártulos de perfumista novata y salí a comprar algo de comida. También me hice con una botella del mejor vino tinto que pude encontrar en la tiendecita del pueblo, pensando en regalársela, a modo de agradecimiento, al hombre que me había sacado de las rocas la noche anterior. Cuando estaba pagando, le pregunté a la tendera si sabía quién era aquel desconocido de pelo canoso y bigote que vivía en la casa de la puerta granate.

—Se llama Armando. *Ye* de aquí de toda la vida —me informó, sin dejar de aporrear una caja registradora que temblaba bajo sus dedos gruesos.

Si bien era cierto que hacía muchos años que yo no veraneaba en Colunga, me pareció raro que no me sonase su cara, puesto que siempre he sido muy buena fisonomista.

—¿De toda la vida? ¿Seguro? —indagué.

La mujer, que era gorda, tenía las mejillas encendidas y llevaba una bata con estrellitas blancas, me miró con desconfianza y al responderme intensificó todavía más su acento asturiano, en un intento por marcar las distancias y dejarme claro que yo no era de los suyos.

—Cómo no voy a estar segura, *fía*, si yo nunca *salí* de aquí. Armando sí que se marchó, estuvo mucho tiempo fuera, pero *quedose* viudo y volvió al *pueblu*. Los que somos de aquí lo somos estemos o no, igual no lo entendéis en Madrid, que no sois de ningún *lao*, pero *ye* lo que hay. ¿*Quies* algo más?

Me entregó las bolsas de la compra con gesto altivo. Si

por ella fuera, aquella mujer probablemente levantaría murallas alrededor de su pueblo para que los foráneos que admirábamos el verde de los prados y al mismo tiempo nos quejábamos del clima lluvioso, sin entender que una cosa era imposible sin la otra, no pudiéramos importunarles nunca más con nuestras tonterías de la capital.

Le di las gracias y me fui.

Me acerqué a casa de Armando. Di un par de timbrazos y también llamé en la puerta con los nudillos, pero no obtuve respuesta. Me asomé al cobertizo y vi que faltaba el tractor. «Habrá salido a dar una vuelta en su Lamborghini», me dije, y mi tonta ocurrencia me hizo sonreír. No parecía haber nadie por allí, de modo que seguí caminando en dirección a Alegranza. Soplaba el nordeste, no había ni una sola nube en el cielo y brillaba el sol, en uno de esos días pluscuamperfectos tan escasos en el norte que hace que los asturianos miren al cielo desconcertados, como si no pudieran creerse su buena suerte. Puesto que la playa estaba hasta los topes, decidí que sería mejor pisar la hierba privada del jardín de Alegranza que la arena compartida. Al llegar a casa recogí la compra, me preparé una ensalada con los tomates que acababa de comprarle a la mujer de la bata de estrellas y ya me disponía a salir de la cocina para comerla fuera, apoyada en la mesa de mármol con patas de hierro, cuando llamaron al timbre. Con el plato en la mano, recorrí el camino de gravilla y vi a Armando a través de los barrotes de la verja.

Abrí.

—Ayer te olvidaste esto.

Me tendió la sudadera, aún húmeda, que me había quitado el día anterior en su casa, tratando de deshacerme del frío que desprendía. Hasta ese momento no había caído en la cuenta de que había regresado a Alegranza con el torso cubierto únicamente por la camiseta negra de algodón que me dejaba los brazos al aire. Mientras alargaba hacia mí la mano en la que sujetaba el jersey, Armando no me miraba, sino que tenía los ojos fijos detrás, en la fachada rojiza de la casa, y fruncía el ceño.

—Veo que la buganvilla sigue trepando alrededor de las ventanas, ¿eh? Tu abuela se pondría contenta al verla, siempre presumió de tener las plantas más floridas y la mesa mejor puesta de toda la región. —Sonrió con nostalgia, pero únicamente le duró un par de segundos hasta que recuperó su rictus serio—. Tu abuela era de esas personas, ya sabes, las que se fijan en ese tipo de cosas que a todo el mundo le pasan desapercibidas y sin embargo no se enteran de lo realmente importante. Bueno, pues adiós.

Y se dio media vuelta sin darme tiempo a decir nada.

Suspiré y cerré la verja. De pronto caí en la cuenta de que tenía una botella de vino para él, pero me dio apuro salir corriendo detrás de aquel hombre a quien no conocía de nada a pesar de que él, al parecer, estaba al tanto hasta de los detalles más nimios de mi familia.

5

Ocho días estuvo lloviendo ininterrumpidamente.

Ocho días en los que parecía que se iba a acabar el mundo, porque el agua caía con furia sin dar ni un minuto de tregua y el cielo estaba tan cerrado que yo tenía que encender todas las luces de la casa, aunque fueran las doce de la mañana, si no quería andar tropezándome con los muebles. Desde la ventana de la habitación que en otros tiempos habían ocupado mi madre y tía Rita veía las tejas de las casas de enfrente brillar bajo el agua, como si alguien les hubiera dado una capa de barniz mientras yo no miraba.

Me tomé ese tiempo muerto como una señal de que debía avanzar en la composición de mi fragancia; no quería que Peltier pensara que era una cobarde. Descartada la rosa, ¿y si probaba con una fórmula en torno a la lavanda? Razoné conmigo misma que se trataba de un ingrediente menos noble, y en consecuencia menos complicado. La lavanda me recordaba a tía Valentina, a su pulcritud de farmacéutica y sus armarios siempre perfumados con ramilletes de esa planta de tallos largos rematados con florecitas violáceas, y también a su intransigencia ante la imperfección, que tal vez había influido en mi manera de ser más de lo que yo creía. Recordé otra de las sentencias de Jean-Luc: «El perfume saca a la luz nuestra esencia más profunda».

Creo que fue al cuarto día de lluvia cuando desestimé la idea de trabajar con la lavanda, incapaz de hallar un solo acorde original. A cambio me puse a deambular por la casa, aburrida, curioseando en los armarios y los cajones de las cómodas. Algunos estaban vacíos y únicamente encontraba en ellos una lánguida hoja de papel de seda o un trozo de cuerda deshilachada, testigos mudos de que esos espacios habían sido utilizados alguna vez. Otros, sin embargo, acumulaban todo tipo de tesoros: un faldón de bautismo con el tacto pringoso debido a la humedad, un rosario de cuentas negras, una caja con piedras de colores y conchas, un recetario escrito a mano por la abuela con su característica letra puntiaguda... Yendo de un lado a otro y mirando de arriba abajo cual sabueso me percaté de algo en lo que nunca me había fijado: en el techo de la habitación de los abuelos se perfilaba, encajada entre las vigas, una superficie de madera clara con un tirador. Me puse de puntillas y agarré esa pieza de metal. Al tirar, la superficie cedió y ante mí se desplegó una escalera de madera empinada, igual que cuando abres un cuento troquelado y de él emerge un castillo de cartón cuya existencia no sospechabas. Miré a mi espalda, como si alguien pudiera descubrirme cometiendo una travesura, y ascendí por las escaleras con cuidado de no caerme, puesto que la ceja aún me dolía a causa de mi percance en las rocas y sabía que si volvía a tener un traspié ahora nadie acudiría en mi auxilio.

Arriba había una buhardilla conquistada por el polvo y las telas de araña. Me pregunté cómo era posible que un escondite tan bueno se me hubiera escapado de pequeña, cuando vivía convencida de conocer cada rincón secreto de Alegranza. A lo largo de los aproximadamente diez metros cuadrados que conformaban aquel espacio se desperdigaban algunos bultos cubiertos con plásticos gruesos de color negro. Levanté uno de ellos, conteniendo la respiración: era como si me hubiera trasladado a una feria y no supiera qué regalo me iba a tocar si acertaba con el tiro de la escopeta. Me produjo ternura reencontrarme con mi vieja bici BH, que tenía el aspecto de siempre con la salvedad de que el cesto en otros tiempos sujeto entre los manillares había desaparecido. Apreté con el dedo pulgar la palanca del timbre y me sobresalté al escuchar el clin-clin, absurdamente sorprendida de que un mecanismo tan sencillo siguiera funcionando tanto tiempo después. ¿Cuándo habría sido la última vez que me subí a aquella bici? ¿Fui consciente entonces de que ya no volvería a montarme nunca más, de que mi BH se quedaría abandonada en un rincón y más tarde desterrada a aquella buhardilla, o simplemente pedaleé en ella sin dar importancia a lo que estaba haciendo, sin percibir que en ese momento se cerraba una etapa?

Volví a tapar la bicicleta con los plásticos y luego me agaché para husmear los bultos de los extremos, colocados en el vértice en el que el tejado se encontraba con el suelo. Ahí permanecían apilados varios montones de ejemplares antiguos de *El Norte*, el periódico del abuelo Tomás. Sonreí al ver los subrayados con bolígrafo rojo y las anotaciones a lápiz, una manía que el abuelo había ido perfeccionando a lo largo de toda su vida; en los últimos años incluso llegó a incorporar códigos de letras para registrar su opinión sobre cada noticia: por ejemplo, *S. I.* significaba «sin interés», mientras que *M. T.* quería decir «mal titulado». Ay, el abuelo. Su afán por controlarlo todo se fue incrementando con el paso del tiempo de tal forma que, cinco años antes de morir, organizó una suerte de ensayo de su funeral. Se trataba de un funeral de cuerpo presente en el sentido más estricto del término, según nos explicó, y en su cara no atisbamos un solo gesto de que se tratara de una broma. Hizo que todos nos vistiéramos de riguroso luto y nos pidió que nos fuéramos situando por turnos ante el atril que había instalado en el jardín de Alegranza para recitar las lecturas que él había escogido previamente. Hasta contrató un coro para la ocasión y no tuvo reparo en explicarles con toda naturalidad a sus integrantes, quienes le escuchaban boquiabiertos, que la persona cuya memoria se iba a honrar no era otra que él mismo. «Ahora ya sabéis lo que tenéis que hacer cuando me muera de verdad», nos dijo a sus hijas, yernos y nietas al finalizar la ceremonia, y después fue a encerrarse a su despacho para dibujar un croquis de lo acontecido, que años más tarde, cuando efectivamente se murió, encontraríamos en su caja fuerte, grapado a las hojas que desgranaban los pormenores de su testamento.

Cubrí de nuevo los periódicos con sus respectivas protecciones de plástico y continué mi expedición.

Hallé una mecedora antigua, cuatro botes de pintura, un jarrón burdamente reconstruido con pegamento, un pequeño radiador eléctrico y un set de palos de críquet. Otro de los bultos ocultaba un baúl; dentro de él había un costurero vacío y una carpeta de cartulina marrón cerrada con gomas. Abrí esta última. Alguien había guardado en ella un taco de papeles: facturas y otros documentos relacionados con el mantenimiento de la casa. Me senté en el suelo para inspeccionar las páginas con detenimiento y de entre ellas se cayó una fotografía en blanco y negro.

En la imagen, un tanto descolorida por el paso del tiempo, aparecía un grupo de cuatro niñas y dos niños que posaban sonrientes ante la cámara, estratégicamente colocados delante de la orilla del mar. Ellas llevaban ceñido a sus cuerpos delgados el mismo modelo de bañador con cuadritos vichy y además lucían cortes de pelo similares, con un flequillo que acababa un par de dedos por encima de las cejas. Del cuello del chico de más edad —calculé que tendría unos catorce o quince años— colgaba lo que parecía ser una cadena de oro o plata con una medalla que se balanceaba sin llegar a tocar su pecho debido a la postura, ya que estaba inclinado y sostenía sobre la espalda al más pequeño, que no sobrepasaría los doce y reía con la boca muy abierta; creí adivinar que le faltaban un par de dientes. Di la vuelta a la foto y otra vez reconocí la letra de la abuela, que había escrito en el dorso de la imagen: «La Isla, 1969. Valentina, Celia, Rita, Constanza, Armando y Juan».

La Isla. La playa de ese pueblo era otra de las que yo había frecuentado durante mi infancia y, al parecer, antes de mí lo habían hecho mi madre y mis tías cuando eran pequeñas. Pero ¿quiénes eran esos niños que las acompañaban: primos, amigos, vecinos...? Las De la Vega no habían tenido hermanos varones, eso era seguro. ¿Cabía la posibilidad de que el tal Juan fuera el mismo que mi madre mencionaba en sus diarios, había entonces existido y no era fruto de su imaginación y tampoco de su vientre, como yo había supuesto? Giré de nuevo el pedazo de papel mate y me detuve en la cara del otro chico, el de más edad, el que llevaba la medalla columpiándose. Era difícil encontrar similitudes entre el rostro de un preadolescente y el de un hombre mayor, pero ahí estaban esos ojos delatores, que derrochaban seriedad a pesar de que todo en aquella estampa sugiriera un divertido día de verano. El Armando de la foto podría ser perfectamente la persona que me había sacado de las rocas unos días antes, sólo que a ambos los separaban cincuenta años y una vida completamente ajena a mí.

6

—¿Cómo estás, hija?

Me gustaba que el tío Evaristo se dirigiera a mí con esa palabra, «hija». Y todavía me gustaba más que en los últimos meses, desde que yo ya no podía hablar a cada poco con la tía Valentina tal y como solía hacerlo antes de su fallecimiento, él hubiera tomado el relevo de su mujer. Ahora me llamaba por teléfono más que mi propio padre, lo cual tampoco era mucho decir porque prácticamente todas las conversaciones con mi progenitor comenzaban con mi dedo marcando su número de teléfono. Y la realidad era que yo, en aquellos momentos, marcaba pocos números, puesto que había empezado a disfrutar de esa sensación de estar desaparecida del mundo y no tener que rendir cuentas a nadie.

Claro que lo del tío Evaristo era distinto: él nunca pedía explicaciones, sólo mostraba un interés sincero por saber cómo me encontraba.

—Estoy bien, tío, aquí encerrada desde hace una semana. Es que hace un tiempo malísimo. No para de llover, está muy fresco, encima... ¿Te puedes creer que ando por la casa con unos calcetines de lana que he encontrado en un armario? ¡En pleno verano!

—Pues aquí, en Madrid, nos derretimos a cuarenta grados, lo que son las cosas...

Le imaginé aislado en aquel piso tan grande y tan vacío.

—¿Sigues empeñado en no irte con María y su familia a Cádiz, tío? ¿No crees que allí estarías mejor, con un poco de brisa de mar?

—¿De verdad lo piensas, hija? ¿En serio crees que lo que necesito es ponerme un bañador de colores y sentarme debajo de una sombrilla al lado de toda esa gente requemada por el sol que habla a gritos? Quita, quita.

Pensé en los brazos delgados y extremadamente blancos del tío Evaristo, en sus camisas pasadas de moda y su apostura de lord inglés venido a menos, y convine en que ciertamente no pintaba nada paseándose por Cádiz en agosto. Estaba mucho mejor en su casa con aire acondicionado en Madrid, rodeado de sus libros y sus propios recuerdos. Por muy amargos que estos fueran, siempre resultaban mejores que el hecho de tener que amoldarse a los hábitos y la estridencia ajenos.

—Tío Evaristo, ya que te tengo ahí, quería preguntarte algo: ¿te suena quién es Armando, un hombre que vive en el pueblo? Alto, con bigote. Muy serio.

—¿Armando, dices? Déjame que piense... —Meditó durante unos segundos—. No caigo... Pero ya sabes que hace muchos años que no voy por allí. Aunque tu tía siguió yendo sola de cuando en cuando, dejamos de veranear en Alegranza en el momento en que María se hizo mayor; sí, ha pasado mucho tiempo... ¿Por qué lo preguntas? ¿Debería sonarme de algo?

—No, no importa, es una tontería. Por cierto, ¿te parece muy mala idea lo del 8 de septiembre?

Él era la única persona con quien yo había compartido mis planes para esa fecha. El 8 de septiembre no era un día que hubiera elegido al azar, sino que en él confluían varios hitos: la festividad de la Virgen de Covadonga, patrona de Asturias, y en consecuencia el santo de mi abuela y un día de gran bullicio en la región en general y especialmente en nuestra casa. Mientras la abuela vivió, todos los miembros de la familia nos reuníamos en Alegranza cada 8 de septiembre para celebrar su onomástica. El contundente menú siempre incluía los mismos platos: tortilla de patata, bollos *preñaos*, fabada y, de postre, arroz con leche. A mí se me había ocurrido convocar a tía Constanza y a tía Rita en la casa familiar el 8 de septiembre de aquel 2019 para poner de una vez por todas las cartas sobre la mesa antes de regresar a Madrid. Si quería reordenar mi vida, primero necesitaba liberarme de las sombras que proyectaba mi familia.

El tío Evaristo titubeó.

—No estoy seguro de que ambas vayan a querer volver juntas a Alegranza, la verdad. En cuanto a ti, ¿en serio te apetece rememorar aquellos viejos 8 de septiembre? Ten en cuenta que ya nada es igual, Leandra, han pasado demasiadas cosas...

Había transcurrido más de medio año desde la muerte de su mujer y él seguía refiriéndose a ello de manera indirecta. Ni una sola vez había escuchado en su boca una mala palabra acerca de la tía Constanza. El rencor parecía no tener cabida en el tío Evaristo, que había asumido la agresión que le había dejado viudo como un designio divino contra el que no merecía la pena revolverse.

—Precisamente por eso quiero que vuelvan juntas aquí, porque han pasado demasiadas cosas. Es tiempo de mirarse a la cara, ¿no? De cerrar las puertas del pasado para siempre y de seguir adelante —respondí, aunque mi voz expresaba menos convicción que mis palabras.

—Bueno, si te soy sincero, yo preferiría ir a Cádiz, a sentarme en un chiringuito con un bañador de colores, que meterme en ese campo de minas —respondió, tratando de hacerse el gracioso, un registro que no encajaba con él en absoluto—. Pero ya te expliqué una vez que las preguntas sin respuesta son las que nos acaban matando por dentro, así que, mira, haz lo que consideres oportuno. Si te atreves a enfrentarte a ambas al mismo tiempo, no seré yo quien te desanime. Igual hasta acabas descubriendo qué es lo que llevan tramando esas durante toda su vida...

Mientras le escuchaba, saqué de uno de los bolsillos traseros de mi vaquero la foto en blanco y negro que había encontrado en la buhardilla. Me moría de ganas de enseñársela a las tías, de preguntarles qué tenían que ver ellas con Armando y si ese Juan era el mismo que aparecía en los diarios de mi madre. Estaba decidido: quisieran ellas o no, iba a hacer que pasaran en Alegranza el 8 de septiembre del año 2019.

7

Al fin dejó de llover y el sol volvió a abrirse paso en el cielo, aunque las nubes, tozudas, lo seguían tapando intermitentemente. El jardín olía a piedras mojadas y yo me alegré de poder abandonar mi encierro.

Cuando salí de casa era tan temprano que el pueblo aún parecía capaz de salvaguardar la tranquilidad de la que hacía gala en invierno, en esos meses en los que los turistas y la gente de Oviedo todavía no se acercaban hasta allí, hambrientos de mar. En mi paseo sólo me crucé con tres personas: un pescador, un corredor y una mujer de piernas robustas cuya mochila inmensa la delataba como una peregrina del Camino de Santiago. Todos ellos respondían al estereotipo de esas personas más sabias que el resto, porque mientras los demás remolonean en la cama ellos ya están afanados en ganarle la partida al paso del tiempo.

A causa de lo pronto que era, el tercer intento de entregarle a Armando la botella de vino tuvo más éxito que los dos anteriores. La cogió con las dos manos, la alejó un poco para examinar la etiqueta y me dio las gracias, pero no me invitó a entrar en su casa, de cuyo interior salía un aroma a café recién hecho. Me fijé en que llevaba una camisa de cuadros que dejaba a la vista una fina cadena de oro rodeando su cuello, aunque el extremo quedaba oculto por la tela y resultaba imposible adivinar si de ella pendía una medalla como la de la foto.

—¡Nos vemos por aquí! —le dije a modo de despedida, agitando la mano con un gesto un tanto histriónico que hizo que me sintiera ridícula.

—Muy bien —respondió, y cerró de un portazo.

Cada vez me intrigaba más su actitud distante y no dejaba de preguntarme qué vieja rencilla le impedía mostrar un poco de amabilidad conmigo. ¿O acaso se comportaba así con todo el mundo? No, no lo creía: había tenido la oportunidad de observar desde lejos a Armando departiendo amigablemente con algunos vecinos en uno de los bares del pueblo. Era serio con todos, sí, pero esa distancia rayana en el resentimiento la reservaba para mí. Después de haber examinado mil veces la instantánea en blanco y negro que había encontrado en la buhardilla de los abuelos, ya no tenía ninguna duda de que él era uno de los chicos que aparecían en la imagen. ¿Qué habría podido pasar entre aquella pandilla de niños una vez que transitaron hacia la edad adulta? ¿Tal vez detrás de todo había un amorío no correspondido, era eso lo que no había podido superar Armando, a pesar de parecer un hombre tan recio? ¿Qué había sido de Juan? Y en todo caso, ¿qué culpa tenía yo de lo que hubiera sucedido, qué tenía que ver todo aquello conmigo y por qué a Armando se le nublaba la vista ante la simple mención de Alegranza?

Exasperada, me dirigí a la playa a pie, siguiendo un tramo del Camino de Santiago que transcurría paralelo al mar; llevaba colgado del hombro un cesto de mimbre pintado a mano con rayas azules que había pertenecido a la tía Valentina. Entre que era lunes y que las nubes se resistían a desaparecer, el arenal no estaba demasiado concurrido. Me quité la camiseta de tirantes y los *shorts*, me ajusté el biquini que llevaba debajo, extendí la toalla y me tumbé boca arriba, con los ojos cerrados y la atención puesta en el olor y el sonido del mar. Pensé que ese sería un buen ingrediente para el perfume que habría de definirme: el aroma del salitre. Me estaba quedando dormida cuando noté una sombra sobre mí. Abrí los ojos, esperando ver un nubarrón, pero lo que me encontré fue la silueta de un hombre. Tuve que colocar la mano a modo de visera para distinguir sus rasgos, porque la claridad me cegaba.

—Por fin. Me ha llevado un buen rato encontrarte, en la playa todo el mundo parece la misma persona. ¿Qué te ha pasado en la ceja?

Era Álvaro.

—Nada, un golpe, sin más. ¿Qué haces aquí? —le pregunté mientras me incorporaba, perpleja por hallarle en un escenario del que nunca había formado parte—. ¿Cómo sabías que estaba en Colunga?

Se sentó a mi lado, tirando de la toalla para conseguir liberar un trocito, como si temiera apoyar directamente sobre la arena su pantalón largo de color caqui. Estaba sudando: realmente debía de llevar un buen rato dando vueltas por la playa con la camisa remangada y ese pantalón de tela gruesa que daba calor sólo de verlo.

—No sé, una intuición. Después de todo lo que ha pasado, yo querría buscar respuestas. ¿A que andas por aquí dándole vueltas a la cabeza?

A pesar de nuestras diferencias, Álvaro seguía siendo la persona que mejor me conocía.

Después añadió:

—Te echo de menos. Te echo mucho de menos.

Pronunció esas palabras sin preludios, en voz baja, con los ojos apuntando al mar detrás de sus gafas de sol con la montura de pasta negra y los cristales graduados, y para ello empleó el mismo tono carente de emoción que podría haber utilizado para anunciar que le apetecía un helado. Nunca antes le había oído decir «te echo de menos». Ni a mí, ni a nadie. Álvaro era de esas personas que piensan que los «te quiero» y los «te echo de menos» únicamente tienen cabida en las películas de guion predecible o las series de televisión de consumo rápido. «Lo que importa son los hechos, no las palabras», solía justificarse cuando le recriminaba su falta de romanticismo, una explicación que a mí, que había articulado mi vida profesional en torno a las palabras, me resultaba casi un insulto.

Aunque yo siempre sabía cómo poner la puntilla a las conversaciones, en esa ocasión no supe muy bien qué responder a su declaración tan torpe.

—¿Y ahora qué hacemos? —acerté a decir.

—Un chapuzón no me vendría mal. Aunque se me ha olvidado el bañador, me lo he dejado en Madrid, ¿te lo puedes creer? He metido cuatro cosas en el coche, pero mira que olvidarme precisamente eso... Aquí no ponen multas por meterse en el mar en calzoncillos, ¿verdad?

No creí que de verdad fuera a bañarse en ropa interior, conociendo su alergia a romper las convenciones. Pero, para mi sorpresa, se quitó la camisa y el pantalón, los dejó cuidadosamente doblados sobre mi toalla y se encaminó a la orilla. Le seguí y entramos uno al lado del otro en el revoltijo de agua, algas y sal. En la escalera del socorrista ondeaba la bandera amarilla.

Iba a decirle que me alegraba de verle y que yo también le echaba de menos, pero en ese momento una ola pespunteada de espuma amenazó con romper encima de nuestras cabezas, obligándonos a bucear.

8

Instalé a Álvaro en la habitación de la tía Valentina. Dadas las circunstancias, creí que no tenía mucho sentido que durmiéramos juntos. Además, me parecía una buena venganza por el hecho de que no hubiera acudido antes a buscarme, ya que aquella estancia olía a antipolillas y a lavanda reseca, mientras que el papel pintado de sus paredes tenía como *leitmotiv* a la especie animal que más odiaba mi exmarido: sobre él había dibujada una docena de distintas variantes de pájaros que se iban clonando a lo largo y ancho de todo el cuarto.

Álvaro no acusó ese par de agravios, pero a cambio contraatacó utilizando como arma otro de los detalles que observó en la habitación.

—Pensaba que eras la única persona de la familia con esa obsesión tan rara de coleccionar cajitas inútiles —me dijo, apuntando con el dedo hacia la vitrina con estantes de espejos sobre los que reposaban más de medio centenar de cajas diminutas perfectamente alineadas.

Me quedé estupefacta. Ni siquiera era consciente de

haber heredado esa afición de la mayor de las hermanas De la Vega. Por supuesto, debía de haber visto la colección de tía Valentina muchas veces cuando era niña y entraba en su habitación para hablar con ella o simplemente para husmear, pero por alguna razón se había quedado enterrada en mi memoria y hasta entonces había vivido convencida de que la acumulación de esos objetos formaba parte de un rasgo original de mi carácter. Cada vez que viajaba a algún lugar, yo tenía la costumbre de volver con una cajita en la maleta, y era capaz de renunciar a la visita de un monumento o a pasar un par de horas más mojando los pies en la piscina del hotel con tal de poder recorrer los mercadillos en los que intuía que podría hallar mi trofeo. Atesoraba esos pequeños recipientes en todos los materiales, colores y formas posibles: de caucho negro con un pez esmaltado en la tapa, de porcelana con flores pintadas a mano, de madera con el cierre de metal dorado... Pero las cajas de la tía Valentina, según pude comprobar en aquel momento ante la mirada entre irónica y aburrida de Álvaro, eran más bonitas y exóticas que las mías. De un modo u otro, mis tías siempre me acababan ganando.

—Qué manera más tonta de acumular polvo —remató.

—Peor es gastarse el dinero en palos de golf cuando ni siquiera te gusta jugar al golf, sólo para seguirle la corriente a tu padre.

—Al menos yo sé lo que me gusta y lo que no me gusta, y no salgo corriendo cada vez que algo se tuerce.

Ya estábamos de nuevo. Enzarzados en un peloteo de reproches, igual que si fuéramos dos viejas vecinas con un montón de cuentas pendientes saltando entre los respectivos tendederos. ¿Cuándo y por qué habíamos empezado a comportarnos así el uno con el otro? ¿En qué momento habíamos abierto la veda de la incomprensión mutua?

Desistí de continuar con la batalla y le planteé una pregunta sin rodeos:

—¿Hasta cuándo te vas a quedar?

Él deslizó la palma de la mano derecha por una de las paredes, como si estuviera tratando de borrar los pájaros pintados, y contestó:

—Me voy en un par de días. Apenas tengo vacaciones este verano.

Me molestó toparme de nuevo con esa manía suya de dar un paso adelante y dos atrás. Si no pensaba dedicar más de cuarenta y ocho horas a debatir conmigo sobre lo que quedaba de nuestro matrimonio, ¿para qué había venido?

Disimulé mi enfado.

—Son las fiestas del pueblo de al lado —dije—. Esta noche toca una orquesta; si te apetece, podemos acercarnos.

—Vale. Voy a darme una ducha.

Le indiqué dónde estaba el cuarto de baño más próximo y yo me dirigí al que se encontraba en el otro extremo de la planta. Una vez allí cerré la puerta con pestillo, llené la bañera y volqué sobre el agua templada el bote de gel que había dentro del armario con las puertas de espejo. Era *Moussel* de Legrain, y a mi memoria regresó la sintonía de un viejo anuncio de la tele que promocionaba ese gel de textura rosada. Su aroma meloso me transportó de nuevo a mi infancia, cuando llamaba a voces a mi madre para que me aclarara el pelo cubierto de espuma. Ella acudía sin hacerse esperar y para cumplir con su tarea utilizaba el vaso en el que estaban los cepillos de dientes, los cuales arrojaba despreocupadamente en el lavabo; luego colocaba el recipiente bajo el grifo para llenarlo y a continuación lo vaciaba sobre mi cabeza. «¡Agua va!», gritaba para advertirme de que debía cerrar los ojos. Me encantaba esa sensación de tener una pequeña catarata cayendo sobre mí.

Todos mis recuerdos de Alegranza eran de ese estilo, recuerdos plácidos engarzados en una rutina de aperitivos desordenados y carreras en bici, baños en el mar gélido y partidos de palas sobre la arena compacta cuando había marea baja. Pero tal vez la realidad no era como yo la veía entonces, o al menos esa no era la realidad completa. Tal vez mi mente infantil iba filtrando los hechos para quedarse únicamente con aquello que podía asimilar. Tal vez, cuando cerraban las puertas de sus respectivas habitaciones, los abuelos discutían, y el tío Evaristo y la tía Valentina se ignoraban, y mi madre y la tía Rita se intercambiaban reproches, y la tía Constanza no se atrevía a pedirle al tío Hilario que descolgara de la pared la acuarela del acantilado que ensombrecía su sueño.

Sumergí la cabeza bajo el agua y traté de centrarme en el presente. Hacía tres meses que había dejado mi trabajo en busca de quién sabía qué y no me quedaba más remedio que reconocer que apenas había avanzado: no había llegado a conclusiones definitivas en relación a mi familia, ni a mi trabajo, ni tampoco a mi matrimonio. Ni siquiera tenía la menor idea de qué pintaba yo en Alegranza, restregando mi cuerpo con *Moussel* de Legrain mientras tenía a mi marido alojado bajo mi techo como si se tratara de un turista de paso.

Salí de la bañera y me sequé con una de las toallas que

llevaban bordadas las iniciales de los apellidos de los abuelos, entrelazadas entre sí. Me pregunté si ellos habrían atravesado alguna vez por una crisis como la que sufríamos Álvaro y yo o si se habrían mantenido siempre como las letras de aquellas toallas, indisolubles. Luego me puse un vestido largo estampado, con una cazadora vaquera encima, y me calcé unas deportivas blancas antes de salir al jardín. Todavía tenía el pelo mojado, porque no había sido capaz de encontrar un secador desde mi llegada a aquella casa, y apenas llevaba el rostro maquillado con una capa de máscara de pestañas y un par de brochazos de colorete. Álvaro me estaba esperando con una cerveza en la mano que debía de haber encontrado en algún armario. Supuse que no estaría tan fría como a él le gustaba, pero se la estaba bebiendo de todos modos dando sorbos cortos directamente de la lata. Tenía la nariz quemada por el sol y convine que se lo tenía merecido, porque jamás usaba crema protectora a no ser que yo le persiguiera con el bote en la mano. Me produjo tristeza pensar en el tiempo que hacía que ya no nos cuidábamos mutuamente.

Me miró y en sus ojos parapetados tras los cristales de sus gafas de miope vi que me encontraba guapa, pero por alguna razón decidió ahorrarse el piropo.

—¿Vamos? —me preguntó.

Aparcamos el coche donde pudimos y seguimos caminando hasta la plaza del pueblo, decorada con un mar de bombillas y banderitas en las que se iban alternando los colores oficiales de España y de Asturias.

—Habrá que pedir una botella de sidra, es lo suyo en estas fiestas. Yo me encargo —me ofrecí.

Le dejé solo delante del escenario en el que tres mujeres y dos hombres vestidos a juego con profusión de lentejuelas cantaban siguiendo una coreografía bastante hortera, y le espié desde lejos. Álvaro se quedó observando la actuación con el mismo respeto que habría puesto sentado en una butaca del Teatro Real para presenciar una ópera. Dos señoras mayores que bailaban juntas le empujaron sin querer al pasar a su lado, ebrias de dar tantas vueltas. Me entró la risa.

—Veo que te lo estás pasando muy bien.

No me había dado cuenta de que, junto a mí, acodado en la precaria barra que los vecinos habían construido con cajas de madera apiladas, estaba Armando.

—Hombre, qué tal. Me alegro de verle. —Yo seguía tratándole de usted, a pesar de que él me había tuteado desde nuestro primer encuentro—. Es que no me diga que esa coreografía del escenario no es bastante difícil de asimilar... Ya ni me acordaba de cómo eran las verbenas de pueblo.

—A mí me pasó lo mismo cuando viví en Berlín.

—¿En Berlín?

—Sí. Mi mujer era alemana. Mi hijo aún vive allí. Qué culturas tan diferentes.

Me sorprendió que abandonara su habitual hermetismo con esa alusión tan directa a su vida personal. Esa noche, Armando parecía una persona distinta, sin la sombra del resentimiento cruzándole el rostro. Tal vez era la botella de sidra que tenía frente a él lo que le había soltado la lengua y el ánimo. Traté de aprovecharme de la situación, tirando del hilo.

—Me apasiona esa ciudad, estuve hace unos años, por un tema de trabajo. ¿Cuánto tiempo pasó allí?

—Me fui nada más cumplir los diecisiete, en cuanto me dejaron escapar de este pueblo. No me quedó más remedio que salir de aquí. Pero al final mereció la pena, mi hijo no existiría hoy si yo no hubiera hecho las maletas, es un chaval formidable.

—¿Y cuándo volvió?

—Hace quince años, después de que muriera mi mujer. Todavía conservaba la casa de mis padres. Al final, la cabra tira al monte, y mi hijo tiene su vida, ya no me necesita.

Decidí dar un paso más aun a sabiendas de que me adentraba en un terreno pantanoso.

—¿Y le queda familia por aquí?

Armando bebió la sidra escanciada en el vaso que le tendía uno de los vecinos, convertido en camarero por un día, y señaló con la barbilla un punto situado detrás de mí.

—Creo que te buscan.

Me di la vuelta y vi a Álvaro haciéndome gestos para que volviera junto a él. Con las manos juntas, adoptando un teatral gesto de súplica, me pedía que le librase del tormento de seguir escuchando aquella música infernal.

9

La despedida de Álvaro fue extraña. Todas las conversaciones pendientes se quedaron intactas y, para empeorar las cosas, antes de cruzar la verja me besó en la frente, lo cual me puso de muy mal humor, porque es bien sabido que sólo las abuelas besan en la frente. Puestos a marcar las distancias, habría preferido que me hubiera estrechado la mano con firmeza, igual que si acabáramos de finalizar una reunión profesional.

—Ya sabes dónde estoy, Leandra. Te dije en la playa que te echaba de menos y es lo que siento, de verdad. Me gustaría que supieras que hago las cosas lo mejor que puedo, que todos hacemos las cosas lo mejor que podemos. Espero que encuentres lo que has venido a buscar.

Sentí lástima por él y por mí, por lo que habíamos compartido y por nuestra falta de entendimiento.

Álvaro se subió a su coche y yo volví a quedarme sola en Alegranza, con la sensación amarga de que habíamos desperdiciado una oportunidad. Cuando aún estaba en Madrid había fantaseado muchas veces con el día en que viniera a buscarme, con lo que le diría y lo que él me diría a mí. En la situación que yo había imaginado había pasión y puede que también lágrimas; lo que desde luego no había eran acusaciones estúpidas sobre cajitas y palos de golf. Por eso yo había tomado la costumbre de obligarme a mí misma a esperar siempre lo peor, porque lo que te imaginas nunca llega a ocurrir exactamente así, de manera que imaginándote lo que no deseas eliminas la posibilidad de que suceda.

Para sacudirme el desánimo, dediqué esa tarde a investigar en internet acerca del calone, la molécula con olor a brisa marina que forma parte de algunos de los perfumes frescos que yo conocía. Pero luego cambié el paso: decidí que elegiría el camino exactamente contrario, el de la densidad en lugar de la frescura, porque en mi vida ya apenas había ligereza. Cogí el lápiz para acometer un nuevo intento de fragancia. Haba tonka, esa sería la piedra angular. Tal vez no eran tía Constanza ni tía Valentina quienes más habían moldeado mi personalidad, sino tía Rita, con su amor por París y su culto a la belleza que yo también profesaba. Cerré los ojos y traté de recordar el aroma especiado que desprendía la tercera de las hermanas De la Vega. ¿Cómo reproducirlo, cuáles de sus facetas destacar, de qué manera podía reinterpretarlo y hacerlo mío? A mi mente acudió otra de las frases que me había regalado Peltier durante la entrevista: «El perfume tiene un idioma que todo el mundo entiende pero pocos hablan». Abrí los ojos y de un manotazo arrojé un par de frascos al suelo. Estaba claro que yo era incapaz de articular el idioma de los elegidos. Me quedé contemplando los cristales hechos añicos, como si no fuera capaz de comprender lo que había ocurrido. Necesitaba pasear.

Salí de casa y me dirigí a paso rápido hacia La Atalaya, al lugar que permanecía retratado para siempre en la habitación de la tía Constanza y el mismo en el que había conocido a Armando. Después de mi caída no parecía muy sensato regresar allí, pero ese escenario ejercía sobre mí una atracción difícil de explicar: me atemorizaba y me cautivaba a partes iguales, y de algún modo sentía que aquel era el epicentro de todo.

Atravesé los prados por el camino de tierra apenas marcado bajo mis pies. A mi alrededor todo eran helechos y hierba alta y flores silvestres cuyos nombres podía recitar de memoria: salicaria, botón de oro, nemorosa, boliche, oreja de ratón, perdiguera, piorno enano, cáñamo acuático, gareña... La capacidad de reconocer cada una de esas especies era uno de los legados poco útiles que me había dejado mi madre. Me acerqué a un arbusto de madreselvas, arranqué un pistilo de una de ellas y me lo llevé a la boca, como ella me había enseñado a hacer cuando era niña. Tenía el mismo sabor dulzón de entonces. Un poco más allá identifiqué los pétalos deslavazados de color violeta de una quitameriendas.

—¿Sabes por qué se llama así, Leandra? Es porque florece a finales de agosto o principios de septiembre; cuando la veas, significa que el final de las vacaciones está cerca y las niñas como tú ya no podrán seguir saliendo a tomar su merienda al aire libre.

Tenía mis dudas sobre si las cosas que me contaba mamá eran ciertas o se las inventaba.

Al llegar al final del camino salté el alambre sostenido por estacas que recorría el litoral y descendí por las rocas. En el peñón que había frente a mí atisbé la figura de un hombre. Solo ante la inmensidad de aquel mar que se desplegaba en tres tonalidades distintas de azul, tenía las manos metidas en los bolsillos de su pantalón de tela de Mahón. Permanecía de pie junto a la caña de pescar que había apoyado entre dos piedras y cuyo sedal se perdía dentro del agua, con la actitud tranquila de quien tiene todo el tiempo del mundo por delante. No se percató de mi presencia hasta que estuve sentada a su lado, sintiéndome egoísta por romper su recogimiento, pero a la vez con la satisfacción absurda de poder charlar con un desconocido. Una persona neutral, al fin.

—Qué hay —me dijo después de volver hacia mí su rostro curtido por el sol y el viento.

Cogí una piedra oscura y la arrojé al mar. Fue a perderse entre la espuma de una ola.

—¿Pican o no pican? —le pregunté, tratando de parecer amigable.

—De momento, un par de *xargos* y nada más, el agua está demasiado clara hoy. Y que tires piedras tampoco ayuda, me vas a espantar a los peces… —lo dijo sin enfado, sino más bien como si estuviera regañando a una niña que acababa de cometer una travesura—. Eh, no importa. El placer de la pesca no es tanto llevarte algo a la caña como pasar el rato aquí. Casi nadie baja a esta zona, es demasiado inaccesible.

—Siento lo de la piedra... Es un sitio precioso, sí —comenté, justo cuando una gaviota sobrevolaba nuestras cabezas—. Pero tiene su peligro, que me lo digan a mí. Precisamente hace unos días me caí aquí mismo. Menudo susto.

Él se sacó las manos de los bolsillos y vino a sentarse a mi lado. Seguí dándole las explicaciones que no me había pedido.

—Por suerte no fue nada grave. Un pequeño golpe y poco más. —Señalé el borde de mi ceja, aún un poco amoratado—. Nada que me haya quitado las ganas de volver.

Echó un vistazo rápido a mi herida y apostilló:

—Me alegro. No sería la primera vez que ocurre una desgracia en este lugar.

Le miré con curiosidad.

—¿Ah, sí? No sabía que hubiera pasado nada reseñable en este pueblo, es tan tranquilo que una da por hecho que aquí no puede ocurrir nada malo.

Lo dije por decir algo, aferrándome a un tópico, pero no me faltaba razón. En aquel pueblo todo parecía fácil: llegar a la playa a pie, recordar las caras de los vecinos, vivir. Allí era posible estirarse y expandirse, ocupar más espacio físico del necesario porque los metros no estaban racionados como en Madrid. En una localidad como aquella, verdaderamente parecía imposible que pudiera suceder algo que se saliera del guion.

El pescador se animó a entrar en detalles.

—Bueno, pero eso fue hace muchos años. Cincuenta, para ser más exactos. Te puedo decir hasta la fecha: fue un 4 de agosto. Lo recuerdo perfectamente porque ese día yo cumplía diez y mis padres estaban tan impactados que me quedé sin fiesta de cumpleaños. Con las ganas que tenía de celebrar que al fin me había hecho mayor... —Se rio con nostalgia.

—¿Qué ocurrió?

Él chasqueó la lengua.

—Un niño del pueblo. Era de mi edad, compartíamos pupitre en el colegio. Un chaval muy bueno. Resbaló y no pudo contarlo. Mala suerte.

Pensé que La Atalaya, con toda su belleza, era un lugar maldito.

El hombre siguió hablando:

—El chico andaba por aquí solo y nadie pudo ayudarle. Antes no se vigilaba tanto a los niños como ahora, ya te puedes imaginar. Nosotros salíamos a jugar por donde nos apetecía, bastaba con que estuviéramos en casa a la hora de la cena. Los pueblos costeros de Asturias son como un parque de atracciones si le echas un poco de imaginación...

En ese momento, la boya naranja se hundió en el agua y el hombre se levantó de un salto para agarrar la caña con ambas manos. Recogió el sedal y del mar emergió una lubina con brillos plateados. La acarició con una sonrisa desbordante, orgulloso de su captura, la liberó del anzuelo y acto seguido volvió a arrojarla al mar.

—Pues por hoy ya puedo darme por satisfecho. Creo que me has dado suerte a pesar de todo. Hasta la vista.

Y se alejó silbando.

10

Al volver a Alegranza me dirigí directa a la buhardilla. Quería indagar sobre lo que me había contado el pescador y era consciente de que no podía encontrar mejor hemeroteca que la que se encontraba allí mismo, bajo los plásticos negros. Subí la escalerilla, destapé los montones de periódicos y busqué los correspondientes al mes de agosto de 1969. No tardé demasiado en localizarlos, pues el abuelo había guardado toda esa cantidad de papel polvoriento siguiendo un orden cronológico, él siempre tan metódico. Lo que sí me llevó más tiempo fue dar con una página en la que se mencionase el accidente al que se había referido el hombre de La Atalaya. Únicamente hallé un breve en el periódico del 5 de agosto.

> J.O.C., de diez años, falleció ayer accidentalmente en las proximidades de la playa de La Beciella, en el concejo de Caravia. Según fuentes de la Guardia Civil, todo indica que el niño, que se encontraba solo, resbaló y se golpeó la cabeza, lo cual provocó que muriese en el acto.

El entierro se celebrará mañana en la más estricta intimidad. El funeral tendrá lugar el próximo miércoles en la iglesia de San Cristóbal El Real.

Eso era todo: ni una palabra en los periódicos de los días sucesivos. Desde luego, no se podía acusar a *El Norte* de haber hecho sensacionalismo con la noticia. Comparé ese breve con la profusión de fotos que habíamos protagonizado nosotros en el funeral de la catedral de Oviedo y por un instante deseé haber nacido en aquella época, sin duda más respetuosa con las desgracias ajenas que la que me había tocado vivir a mí.

Volví a tapar los periódicos con los plásticos y me reproché a mí misma el afán morboso de querer saber más sobre la muerte de ese niño. Lo único que estaba haciendo era procrastinar para no centrarme en lo que realmente debía ocupar mi tiempo: la fórmula de mi perfume. «Las musas no vienen a ti, hay que correr detrás de ellas», me había advertido Peltier. Cerré la trampilla y me obligué a dirigirme a la galería, donde me esperaban mis apuntes y los frasquitos de cristal de tía Valentina.

Entonces me acordé de mi madre y sentí ternura al pensar en la quitameriendas, la madreselva y todos los especímenes que acababa de ver en el prado que llevaba a La Atalaya. Concluí que era eso lo que necesitaba mi fragancia: un salteado de flores silvestres en homenaje a mi progenitora, que a fin de cuentas era quien me había traído al mundo, aunque luego su padre y sus hermanas hubiesen tomado de un modo u otro el testigo de los cuidados que a ella le correspondían. Me pasé toda la noche reflexionando sobre las concentraciones que deberían presentar esas notas florales que me recordaban a mi madre. Cuando amaneció, rompí los folios que había estado rellenando durante mi vigilia y supe que había fracasado una vez más.

11

Cada mañana estrenamos una nariz nueva, me había contado Jean-Luc Peltier.

Cada mañana estrenamos una nariz nueva porque el sentido del olfato apenas envejece.

Ojalá pudiéramos estrenar también cada mañana una vida nueva.

Aquí estaba otra vez, en la casa con el tractor Lamborghini en el cobertizo, arrastrando mi vida erosionada por las incertidumbres del pasado.

Al abrir la puerta, Armando puso los ojos en blanco.

—¿Qué quieres ahora?

—Venía a enseñarle una foto que he encontrado en Alegranza.

Saqué del bolsillo trasero de mis *jeans* la imagen en blanco y negro rescatada de la buhardilla que llevaba una semana manoseando.

Él miró a ambos lados, como si temiera que alguien

pudiera descubrirle hablando con quien no debía, y me dijo:

—Pasa, anda.

Crucé la puerta pintada de color granate y me senté en el sofá cubierto con una lona de florecitas, frente a la chimenea apagada. Armando se fue a la cocina y regresó con la botella de vino que yo le había regalado. La descorchó y llenó dos vasos hasta la mitad.

—Estaba esperando una buena ocasión para abrirla. Esto es mejor que la leche que te ofrecí cuando nos conocimos, ¿no?

Puse la foto sobre mis rodillas.

—¿La había visto alguna vez?

—Sí, apostaría a que tengo una copia igual por alguna parte. No me vas a hacer buscarla, ¿no? —dijo con ironía.

—¿Este niño es usted, el de la cadena?

Tiró del hilo dorado que rodeaba su cuello y dejó caer por encima de la camisa una medalla que parecía idéntica a la de la foto.

—Yo diría que sí.

—Las niñas, estas cuatro, son mi madre y mis tías.

—Yo diría que sí.

—¿Y el otro?

—Mi hermano.

—¿Juan?

—Qué sabelotodo eres.

—Lo pone aquí detrás. Los nombres de todos. Y también una fecha: 1969. Supongo que recordará ese verano porque no fue un verano cualquiera, tengo entendido que un niño se mató en La Atalaya.

—Supones bien.

Dio un trago largo al vaso de vino y yo volví a la carga:

—¿Usted sabe lo que le pasa a mi tía con ese lugar?

—¿Y qué es lo que te pasa a ti?

—¿A mí?

—Sí. ¿No tienes vida propia? ¿Quién era el chico que te acompañaba en la verbena?

—Mi marido.

—¿Y dónde está ahora?

—Se ha vuelto a Madrid.

—Pues igual tu mayor problema no se encuentra en ese acantilado.

Ahora fui yo la que bebió de su vaso antes de soltarle a bocajarro:

—¿Usted tuvo un matrimonio feliz?

Esa pregunta sí que no se la esperaba. Se rascó el mentón.

—Sí, no me quejo. Fuimos felices. Mucho.

—Entonces, usted y su mujer, ¿no discutían nunca?

Alzó su vaso a modo de brindis, apuró el contenido hasta el final y luego me explicó:

—Discutíamos muchísimo. A gritos, a veces. Llegamos a decirnos cosas terribles. Pero nunca pasamos más de un día sin hablarnos.

—¿Y cómo se sigue adelante cuando parece que ya no te entiendes?

Rellenó su vaso.

—*Der Zweck.*

—¿Qué?

—El propósito. Se dice así en alemán. Mi mujer era alemana, ¿te acuerdas?

—¿Cómo que el propósito?

—Mira, en todas las parejas hay una parte visible. Es lo que ven los demás, y no siempre es bueno. A no ser que tengas muy buena educación, claro. Pero lo que importa es lo que hay en el fondo, la parte invisible. Lo que une a esa pareja frente al resto del mundo, el propósito.

El propósito, eso era. Al escucharle tuve una especie de revelación. Todo en mi vida era un juego de apariencias excepto Álvaro, una persona que articulaba su existencia en torno a la búsqueda de la verdad, igual que yo. ¿Y si ambos nos habíamos perdido en la parte visible y habíamos dejado de percibir la invisible, sin duda mucho más poderosa?

Armando interrumpió mis pensamientos con su habitual brusquedad.

—¿Es que has venido a mi casa para hablar conmigo de amor? ¿Tengo pinta de consultor sentimental?

Llamaron al timbre. Se levantó a abrir y escuché a un vecino pedirle ayuda con una vaca malherida. Me dirigí a la puerta.

—Yo ya me voy, no le molesto más.

Entonces se me ocurrió una idea.

—Le invito a comer en Alegranza dentro de un par de semanas, el 8 de septiembre —dije—. Era un día en el que solíamos juntarnos toda la familia, y como ahora estoy sola y no conozco a nadie por aquí, y usted tampoco está muy acompañado por lo que veo...

—¿En Alegranza?

—Sí. ¿Vendrá?

—Ya veremos.

12

—Fíjate ahí, en la arena: ¿ves ese manantial? Esa agua desciende desde la sierra del Sueve hasta llegar aquí, al centro mismo de la playa. Si metes el pie, notarás cómo está mucho más fría que el agua del mar. En pocas playas descubrirás algo así, te lo aseguro.

Dirigí la vista hacia donde apuntaba el dedo de la tía Constanza y efectivamente observé un chorro de agua borboteando entre los granos gruesos de arena. Mi madrina siempre había sido de esas personas que consiguen que veas cosas que de otro modo tú jamás serías capaz de percibir.

Habíamos bajado juntas a dar un paseo por la playa de La Espasa. No hacía calor y las piedras claras y oscuras estaban desperdigadas por la orilla, como si alguien se hubiera olvidado de barrer. A nuestro alrededor todo el mundo parecía feliz y risueño, sumido en ese estado que provoca la cercanía del mar. Hasta el momento en el que me mostró el manantial, la tía Constanza se había mantenido en silencio. En realidad, apenas había abierto la boca desde su llegada a Alegranza, el día anterior. Milagrosamente, mi propuesta de que tanto ella como la tía Rita pasaran conmigo allí el 8 de septiembre no había caído en saco roto.

—Claro que sí. Un poco de fresco nos irá bien —me había dicho tía Rita entusiasmada cuando la telefoneé.

Unas semanas más tarde, las recogí en el pequeño aeropuerto de Asturias. La tía Rita, siempre tan optimista, cruzó la puerta de la zona de llegadas cargando con una maleta enorme de Louis Vuitton, como si en vez de ir a alojarse en una casona de pueblo la estuviera esperando una reserva en la suite presidencial del Ritz. Enseguida intuí que lo que le había convencido tan rápido no era mi argumento de que debíamos enfrentarnos las tres juntas a todo lo que había pasado, sino su necesidad de compartir la carga de su hermana. Después de que a tía Constanza le hubieran dado el alta en el centro psiquiátrico, la tía Rita se la había llevado con ella a París, más que nada porque no le quedaba otra alternativa, puesto que Berta había vuelto a desaparecer con la excusa de tener que presentarse en un trabajo que sospechosamente acababa de surgirle en Estambul, o tal vez era en Budapest.

De manera que ahora estábamos la tía Constanza y yo paseando descalzas por la playa en un día de Covadonga extraño, después de que mi otra tía nos hubiera echado a empujones de la casa familiar porque, según argumentó, quería preparar la comida sin que la molestásemos. Aproveché la ocasión para deslizar el tema que llevaba a cuestas.

—Tía Constanza, ¿tú conoces a Armando?

Pensé que la mención de ese nombre la alteraría, pero

preferí ir preparándola para lo que podría encontrarse horas después. Sin embargo, sonrió con nostalgia.

—Sí, claro. Armando. Siempre ha sido un buen chico —respondió, y que llamara «chico» a un hombre tan mayor me hizo deducir que probablemente no se estaba refiriendo al Armando del verano de 2019, sino al de finales de los años sesenta, al Armando de la fotografía en blanco y negro, cuando ella y él y todos los demás eran unos niños sin más preocupaciones que la de saltar las olas antes de que estas lograran revolcarlos por el fondo del mar.

—¿Hace muchos años que no le ves?

Me miró como si no entendiera el significado de mis palabras.

—¿Muchos años? No, claro, si vive aquí, le vi antes de Navidades, antes de todo lo que...

Se le quebró la voz, pero se recompuso.

—¿Por qué lo preguntas?

—Por nada, he coincidido con él por el pueblo. Creo que me comentó un día que habíais sido amigos de niños. Pensaba que habríais perdido el contacto, nada más.

—Bueno, sí, lo perdimos durante muchos años. Él estuvo viviendo fuera de España, se casó en Alemania, creo. Nos reencontramos cuando murió tu tío Hilario y yo me instalé en Alegranza. Fue una de las primeras cosas que hice al llegar, buscarle, me habían dicho que había vuelto. Teníamos... Teníamos una conversación pendiente. —Parecía incómoda—. Deberíamos irnos, Leandra. Rita se va a enfadar como se le enfríe la fabada, ya sabes cómo es.

Desistí de continuar con las indagaciones al percatarme de que eran ya casi las tres de la tarde, la hora a la que había citado a Armando en Alegranza. Había tomado la precaución de deslizar por debajo de su puerta una nota a modo de recordatorio. En caso de que finalmente aceptara mi invitación, no podía permitir que llegara antes que yo, y que tía Rita y él se dieran de bruces sin ningún tipo de intermediación previa. Mi madrina y yo volvimos caminando a paso acelerado, con la humedad pegada al cuerpo, el pelo esponjoso y los restos de arena ensuciándonos los pies.

Al cruzar la verja comprobé que no había ni rastro de mi invitado y que tía Rita había preparado la mesa del jardín tal y como solía hacerlo la abuela, con un jolgorio de limones y hortensias recorriendo el mantel a modo decorativo, además de un servicio para tres comensales formado por platos mezclados de distintas vajillas y copas de cristal verde. La diferencia era que ahora esos platos tenían desconchones, igual que nosotras. Nos colocamos las servilletas de hilo descolorido sobre los muslos y empezamos a comer.

—Para ser tan parisina, te sale muy bien la fabada —dije maliciosamente.

—Yo soy capaz de hacer igual de bien una fabada y unos *escargots*. La clave de la felicidad está en saber adaptarse a cada situación —respondió la tía Rita con soberbia.

A lo que su hermana repuso, suspirando:

—Ay, la felicidad. Siempre has sido tan ambiciosa, Rita... Yo me conformo con poder dormir por las noches y despertarme cada mañana sin sentir angustia.

El comentario de la tía Constanza se quedó flotando en el aire como un pájaro de mal agüero. Después nos quedamos las tres calladas; sólo se oía el sonido de las cucharas chocando contra los platos y, al fondo, el estallido de los voladores y la música de gaitas que realzaban el día festivo. Yo no podía dejar de pensar en Armando, en lo maleducado que había sido al pasar por alto mi invitación sin ni siquiera disculparse. Decidí que abriría fuego con él o sin él. Cuando la tía Rita sirvió el postre, tomé aire y acerqué mi mano derecha al cesto de mimbre que había dejado en el suelo; allí, bajo la toalla de la playa, estaba la fotografía en blanco y negro. La cogí y la deposité con cuidado sobre el lecho de limones y hortensias.

—El otro día, rebuscando por la casa, me encontré esto. Es una foto preciosa, he pensado en enmarcarla. Sois vosotras dos, mamá y la tía Valentina, ¿no? Qué cortes de pelo y qué bañadores, erais unas auténticas *trendsetters*. —Traté de que mi voz sonara natural y luego me llevé a la boca una cucharada de arroz con leche que tuve dificultad en tragar, porque entre la pesadez de la fabada y los nervios que estaba empezando a sentir, mi cuerpo ya no admitía ni un gramo más de comida.

Tía Rita echó un vistazo rápido al trozo de papel que yo había dejado en la mesa y siguió comiendo de su cuenco sin inmutarse. Fue la tía Constanza quien tomó esta vez las riendas de la conversación con mucha calma, como si encontrarse de nuevo con el rostro de la persona a quien ella había herido de muerte no le afectara en absoluto porque, al fin y al cabo, la de la foto era otra Valentina, la Valentina de una época que había quedado muy atrás.

—Sí que lo es. Una foto preciosa. Qué guapas estábamos las cuatro. Ojalá pudiéramos volver a esos veranos. Aquello sí que era felicidad. De niña piensas que eres inmune a los problemas y las desgracias. Nosotras aprendimos demasiado pronto que no era así...

La tía Rita la cortó:

—Nosotras tuvimos una infancia y una juventud privilegiadas, Constanza.

Intenté avanzar un poco más.

—Este es Armando, ¿verdad? —Apreté la yema de mi dedo índice contra la cara del chico con la medalla—. Le conocí el otro día, justo antes se lo estaba contando a tía Constanza... Y este otro, el tal Juan, lo pone aquí, los nombres de todos, con la letra de la abuela... ¿Y Juan? ¿Por dónde anda hoy en día?

—No anda por ningún lado. Está muerto.

Tía Rita lo dijo sin un ápice de emoción y de nuevo nos quedamos en silencio. Me sentí igual que si estuviera caminando por un bosque con los ojos cerrados, agarrada a una cuerda que debía guiarme hacia algún sitio desconocido, pero encontrándome a cada paso con piedras que me hacían tropezar una y otra vez. Pasaron un par de minutos y la tía Constanza advirtió, sin levantar la vista del mantel:

—Están llamando al timbre.

Desde el jardín era casi imposible escucharlo, no sólo por la lejanía sino también por la música de fondo que conformaban los voladores y las gaitas, y, de hecho, yo no había oído nada, de modo que entendí que se trataba de una maniobra para cambiar de tercio. Aun así, me levanté de la silla y me dirigí al portón de hierro, agradeciendo la oportunidad de alejarme de ellas para tratar de recuperar el cabo de mi cuerda. Pero el timbre sí que había sonado: al otro lado de los barrotes estaba Armando.

—Leí tu nota. Siento llegar tarde. Un problema con el cierre de la finca, no podía dejarlo así. Ya sé que andan por aquí Rita y Constanza, si quieres guardar un secreto en un pueblo, vas lista. Así que querías prepararme una encerrona, ¿eh? Pues aquí me tienes. Algún día tendría que volver a entrar en esta maldita casa.

Abrí la verja. Antes de atravesarla, él observó la fachada de Alegranza con desagrado; parecía que en vez de adentrarse en las propiedades de mi familia lo estuviera haciendo en un estercolero. Pero luego entró con paso decidido, dando grandes zancadas. Yo iba detrás de él, así que no pude ver su cara cuando llegó a la mesa frente a la cual continuaban sentadas mis tías. Sin embargo, a ellas sí pude observarlas. La tía Rita puso una expresión que era una mezcla de sorpresa y espanto. Su hermana se levantó de la silla jovialmente y corrió a abrazar a nuestro invitado de última hora.

—Armando, ¿qué haces aquí? Qué alegría verte de nuevo.

Él parecía incómodo ante la efusividad de mi madrina. Titubeó.

—Me alegro de que estés de vuelta, Constanza, me enteré de que habías estado ingresada y... —Buscó otro camino—. ¿Has visto que las buganvillas siguen en perfecto estado de revista? No te quejarás...

Sin esperar respuesta, miró a su hermana y únicamente le dijo:

—Rita, supongo. Ha pasado mucho tiempo desde la última vez que nos vimos, entonces aún tenías granos en la cara. Tu sobrina me ha invitado a comer, pero se me ha hecho tarde.

—Mira qué bien, ya estamos todos —respondió ella, al tiempo que me dirigió de soslayo una mirada de furia—. Y sí, me he hecho vieja; tú también, Armando. Es lo que tiene la vida. ¿Café?

Él asintió y acercó una cuarta silla a la mesa. Al acomodarse en ella, sus ojos se encontraron con la foto en blanco y negro, que seguía expuesta sobre el mantel. Yo me percaté de ese detalle y lo aproveché para retomar el hilo que se había quedado suspendido por su llegada.

Hablé de manera atropellada:

—Hace un momento les estaba comentando a mis tías que el otro día encontré esta foto de casualidad. Ha hecho tan mal tiempo que estaba aburrida y me puse a ordenar armarios...

Él dio un sorbo a la taza de café que tía Rita le había tendido con tanta agresividad que unas gotas llegaron a derramarse sobre su camisa. Luego respondió, dirigiéndose a mí:

—Verano de 1969. Tenías razón: un verano para recordar. O para olvidar, según se mire.

Después centró su atención en mis dos tías y añadió:

—No le habéis contado nada a esta cría, ¿eh? Pues yo diría que somos todos muy mayores. Y vuestro papaíto ya no puede regañaros. ¿No creéis que, siendo hija de Celia, se merece saber lo que pasó?

13

Así que estábamos mis tías, Armando y yo sentados alrededor de una mesa en la que una foto antigua descansaba sobre una cama de hortensias y limones, con el sonido de los voladores y las gaitas enmarcando la escena.

A la tía Constanza se le llenaron los ojos de lágrimas. Eso era algo en lo que ella y yo nos parecíamos. Si con tía Valentina compartía la afición de coleccionar cajitas y con tía Rita el amor por París, lo que más me igualaba a tía Constanza era la tendencia al llanto incontrolable. Cuando la presión era demasiado intensa, ambas nos deshacíamos en lagrimones que nos rodaban por las mejillas y a veces se quedaban alojados en las comisuras de la boca, y ese llanto desenfrenado tenía el efecto de incomodar profundamente al resto de la familia. Nadie, excepto nosotras dos, solía rendirse, al menos en público, a la liberación que produce llorar. Ni siquiera mi madre, que había sido tan vulnerable desde un punto de vista mental, se permitía ese lujo. Tampoco a mi prima María, la más caprichosa de todos, le había pillado nunca en el renuncio de dibujar un puchero en su rostro: tía Valentina no se lo habría permitido.

—Fue culpa mía —empezó a repetir tía Constanza entre sollozos.

Armando le respondió empleando ese tono de voz condescendiente que algunas personas utilizan para dirigirse a los niños, los ancianos y los idiotas:

—Tú no tuviste mayor culpa que las demás, Coni.

Me chirrió que llamara a mi madrina por un diminutivo que jamás le había escuchado a nadie para referirse a ella. En aquel Coni había un aire de confianza estrecha de otros tiempos, de cariño caducado.

—¿Alguien me puede explicar de qué estáis hablando? —supliqué.

Tía Constanza se enjugó las lágrimas.

—De niñas pasábamos aquí todos los veranos, igual que tú y tus primas cuando erais pequeñas, Leandra, ¿te acuerdas? Os encantaba... Para nosotras también era la mejor época del año, imagínate: durante tres meses teníamos libertad absoluta para hacer lo que nos diera la gana. Tu abuelo, tan estricto durante el curso, solía decir que el verano era una pausa de la vida real, porque en él todo está permitido y luego todo se puede borrar para empezar desde cero en septiembre.

—Sí, en eso estamos todos de acuerdo: tu abuelo era un maestro borrando lo que no le interesaba —interrumpió Armando con sarcasmo.

Tía Rita le miró indignada. Luego se dirigió a mí:

—Acabemos de una vez con esto. Leandra, ¿conoces La Atalaya, el acantilado que hay entre La Beciella y el Arenal de Morís?

Asentí.

—Vale, pues lo que pasó allí fue que Juan, el hermano pequeño de Armando, tuvo la mala suerte de caerse. Se murió, fue algo terrible. Por supuesto, a todos nos dolió mucho su fallecimiento, siendo tan niño, pero ha pasado ya medio siglo desde entonces. Fin de la historia.

Armando soltó una carcajada amarga.

—¡Qué buen resumen, Rita! Si no fuera porque te has dejado unos cuantos detalles en el tintero, creo que hasta me pondría a aplaudirte. Bravo.

Visualicé a Juan, el niño desdentado de la foto, descendiendo por las rocas en las que yo misma me había caído a principios de mes. Y luego al pescador, convertido a su vez en un pequeño sin fiesta de cumpleaños porque la fatalidad ha asolado su pueblo. «Un chaval muy bueno. Resbaló y no pudo contarlo», me había dicho antes de capturar su reluciente lubina.

Volvió a hablar tía Constanza:

—Durante aquellos veranos todo estaba permitido, Leandra. Colarse en las fincas de los vecinos, asaltar la cocina para comer a deshora, todo... Madre mía, ¡cómo disfrutábamos! Estábamos siempre juntos, como en los libros de *Los Cinco*, aunque en nuestro caso éramos seis: nosotras y Armando y Juan. El padre de ellos dos trabajaba como jardinero en Alegranza, así fue como nos conocimos y nos hicimos amigos. Pero aquel día Armando había acompañado a su madre a Oviedo para hacer unos recados o algo así, ¿no?

Él movió la cabeza de arriba abajo.

—Deberíais contarle la historia completa. Si no, se va a

pasar la vida llamando a mi puerta para hacerme preguntas. No es idiota.

—Hacía tan bueno... —musitó de pronto tía Rita.

—Ese día sí que éramos cinco: Valentina, Celia, Rita, Juan y yo —añadió tía Constanza.

De manera que Juan no estaba solo.

De manera que Juan era el espectro que aparecía en los diarios de mi madre y Juan no estaba solo cuando murió.

—Hacía un día espléndido, sí, y por eso se nos ocurrió ir a La Atalaya para bañarnos en las pozas que se forman entre las rocas. Cosas de chiquillos. En casa no dijimos nada, en verano andábamos de un lado para otro sin que nadie nos controlase —volvió a intervenir Rita.

4 de agosto de 1969. Gracias al relato que poco a poco empezaron a desgranar mis tías, fui capaz de transportarme con mi imaginación a esa fecha, a un luminoso día de verano en un pueblo del norte, y de observar con toda nitidez lo acontecido.

Cinco niños que corren ruidosos por el prado repleto de flores silvestres. Huele a mar y antes de verlo ya puede escucharse el sonido de las olas. Probablemente hay vacas pastando que miran con indiferencia al bullicioso grupo. Valentina no para de quejarse; tiene trece años —los mismos que Armando, aunque él no está ese día— y le molesta cargar con los más pequeños. Constanza sólo tiene siete y Juan tres años más. Rita y Celia, de nueve y once, van hablando de sus cosas, como siempre, sin dejarla entrar en su círculo de intimidad. Pero Valentina ha ido de todos modos a bañarse con todos ellos a La Atalaya porque lo cierto es que no tiene un plan mejor.

No hay estacas con alambres que delimiten el fin del prado y el arranque del acantilado, eso aparecerá años más tarde. La tierra se revuelve cuando la pisan. Llevan los bañadores bajo la ropa, las toallas colgadas alrededor del cuello, como si fueran echarpes, para dejar las manos libres. Saben exactamente por dónde tienen que bajar, han estado ahí otras veces. Rita y Celia van las primeras, sin dejar de compartir confidencias; a Valentina le molestan sus risitas cómplices, está entrando en esa edad en la que muy pocas personas le resultan soportables. Ella se ha quedado la última, porque detrás de Rita y Celia van primero Juan y después Constanza, descendiendo veloces por las rocas, con ganas de alcanzar el mar. Hace calor.

Todo ocurre muy rápido. Rita y Celia ya han llegado abajo, a una roca de superficie más o menos uniforme en la que han extendido sus toallas, y se disponen a zambullirse en el agua. Pero se giran al escuchar el grito de Constanza; se le ha roto el cierre de su sandalia derecha —lleva unas cangrejeras blancas de goma— y eso le hace resbalar; ha descendido un par de metros golpeándose en las rodillas, y se ha quedado sujeta a una piedra grande que sobresale de la montaña, como un personaje de cómic en apuros. Lloriquea.

Rita y Celia observan inmóviles desde abajo, no hacen nada, sólo miran. El pequeño Juan es el único que vuelve sobre sus pasos, se acerca a Constanza, le agarra de la mano para ayudarla, solícito, pero entonces es él quien se queda en una posición inestable, sus pies apenas tienen un punto de apoyo en esa pared de tierra y roca. Valentina, que aún no ha empezado a descender el acantilado, se apresura al darse cuenta de la situación. Desde arriba coge el brazo de Constanza que a esta aún le queda libre y tira de ella, pero pesa demasiado: adherido a su hermana pequeña, sujeto del otro brazo, tirando en dirección contraria, un poco más abajo, está Juan. Han formado una cadena humana de sólo dos eslabones. El mar ruge.

—¡Suéltala! —grita Valentina.

Juan la mira desconcertado. Mira a Valentina y luego mira hacia abajo, a la poza rodeada de rocas puntiagudas. Tiene miedo y no acierta a decir nada.

—¡Suéltala, si no la sueltas no puedo subirla! ¡Se va a caer! ¡Que la sueltes te digo!

Pasan unos segundos hasta que Juan obedece. Sin el brazo de Constanza como sujeción, es él quien está perdido. Cae. Por el camino se golpea repetidas veces. Queda al fin tumbado sobre una roca de superficie irregular que bordea la poza, boca arriba, los ojos abiertos. Las cuatro hermanas De la Vega escuchan un gemido prolongado. Luego no se oye nada más que el embate de las olas.

Volví al presente y musité las palabras que tía Valentina le había espetado a tía Constanza ocho meses atrás, en la cocina de la casa de los abuelos en Oviedo, cuando ambas recogían la cena de Nochebuena. Esas palabras que habían funcionado como un chispazo que desató la violencia de la más dulce de las hermanas De la Vega: «Todo por ser tan patosa». Esas cinco palabras podrían ser el factor estresante del que había hablado el psiquiatra en el juicio, aunque él hubiera usado esa terminología de manera general, sin saber acotar cuál había sido exactamente el factor estresante que movió a mi madrina a hacer lo que hizo.

Esperé a escuchar alguna explicación más, pero las dos se habían quedado en silencio. La tía Constanza se pasó la mano izquierda por la melenita con flequillo de color miel en el que no asomaba ni una sola cana; volvía a ofrecer el aspecto cuidado de antes de pasar por el psiquiátrico, como si al salir de allí le hubieran devuelto sus cosméticos y su dignidad. La tía Rita se descalzó y se sentó, flexible, sobre la hierba con las piernas cruzadas. Armando, por su parte, dio un sorbo a su taza de café y luego se limpió el bigote con la palma de la mano, y a mí me pareció que, si yo no decía algo, nos íbamos a quedar los cuatro así para siempre, congelados entre el pasado y el presente.

—Es terrible. Pero no creo... no creo que tía Valentina actuara de mala fe, sólo intentaba salvar a su hermana pequeña. Y vosotras... En momentos así, uno nunca sabe cómo va a reaccionar. Erais tan pequeñas...

Armando miraba al suelo.

—Que te cuenten lo que hicieron después.

Constanza y Rita siguieron calladas, así que él alzó la vista.

—Yo te lo cuento. Lo que hicieron fue volver aquí, a su pretenciosa casa de indianos, y quedarse jugando bajo la buganvilla, ¿qué te parece? Como si no hubiera pasado nada. Su padre decidió que ninguna desgracia podía alterar la paz sagrada de las hermanas De la Vega.

—Sabes que eso no fue así, Armando —intervino Rita—.

Él sólo intentó protegernos, ¡éramos unas niñas, por Dios! ¡Ya no podía hacerse nada!

—¿Nada? ¡Déjate ya de justificaciones! Cualquier persona en sus cabales habría mandado ayuda inmediatamente. Le dejasteis ahí tirado, solo, para que alguien le encontrase. Os lavasteis las manos.

—No fue así.

Tía Rita retomó el relato y, mecida por sus palabras, mi cabeza regresó a aquel luminoso día de verano en Alegranza para seguir encajando las piezas.

Las cuatro niñas atraviesan la verja corriendo, sin aliento, con las toallas arrastrándose por el suelo, manchadas de tierra. Constanza no deja de llorar. Entran en casa, sólo está el abuelo, trabajando en su despacho. Sale a su encuentro al escuchar las carreras, les pregunta a qué viene tanta agitación. Celia le pide que baje con ellas a La Atalaya, le cuenta de manera desordenada que Juan está malherido; Valentina la corrige: no está malherido, sino muerto, y es por culpa de Constanza, que le ha soltado la mano. Constanza llora más, casi a gritos, y Rita calla. El abuelo trata de poner orden, entender lo que ha pasado; las obliga a sentarse, les ofrece un vaso de agua, les hace preguntas. Quiere saber si el niño seguía respirando o no en el momento en el que lo dejaron.

—Está muerto, papá —insiste Valentina—. Se quedó ahí tirado, con los ojos abiertos. No respiraba.

El abuelo Tomás se sienta también, derrumbado. Les exige que guarden silencio. Piensa. Valora la situación, pasan unos minutos eternos. Decide que no hay nada que él pueda hacer. No se ha esforzado tanto, no ha hecho un viaje de ida y vuelta a otro continente, no ha hecho tantos sacrificios para que ahora el infortunio vaya a caer sobre Alegranza, su isla conquistada.

De pronto recordé los periódicos viejos, ese frío breve de la edición del 5 de agosto de 1969 en *El Norte*, el único diario que por aquel entonces se editaba en la región.

—¿El abuelo no contó a nadie lo que había ocurrido? ¿Lo ocultó? ¿Y la abuela, ella tampoco dijo nada? —les pregunté a mis tías.

—Mamá nunca llegó a enterarse de lo que había pasado. Ella siempre iba a lo suyo, a tener la casa bonita y a que nosotras saliéramos guapas en las fotos —repuso la tía Rita—. En cuanto a papá, ya te lo ha explicado Constanza: para él, el verano era una pausa de la vida real. Lo que ocurría durante esos meses, fuera bueno o malo, simplemente dejaba de existir en septiembre. Eso fue lo que nos pidió que hiciéramos: olvidarlo. Nos hizo jurar que no se lo contaríamos a nadie, ni siquiera a nuestra madre, nos dijo que siguiéramos jugando. No quería que un suceso así afectara a nuestras vidas, que nos disgustáramos por lo ocurrido... Un pescador encontró a Juan al día siguiente. Celia se pasó más de una semana con fiebre. Luego se acabó el verano y volvimos al colegio y todo se quedó en un mal sueño. La vida siguió su curso.

Traté de imaginarme a aquel niño tendido sobre las rocas, a medio camino entre la vida y la muerte, y a mi madre y mis tías presentándose en el salón a la hora de la cena como si fuera un día cualquiera.

Me dirigí a Armando:

—¿Y usted? Si nadie dijo nada, ¿cómo supo que ellas estaban con su hermano cuando pasó todo?

—Me lo contó tu madre. Tardó cuatro años en confesarlo, pero lo hizo. Ella, a diferencia de otras —miró a la tía Rita—, no era capaz de vivir cargando con una mentira así. Valentina casi la mata cuando se enteró de que me lo había contado. Constanza también se calló, pero al menos, cuando volvió a instalarse aquí, hace unos años, tuvo la decencia de buscarme y de contarme que la culpa la había perseguido toda su vida.

La aludida removía despacio su café.

Volví a hablar yo:

—Pero un momento, volvamos atrás. ¿Y cuando mi madre se lo contó? Quiero decir... Cuando usted se enteró de lo ocurrido, ¿tampoco hizo nada?

—No quise desenterrar los recuerdos y provocar más dolor a mis padres, que se quedaron destrozados con la muerte de Juan, como te puedes imaginar. Al fin y al cabo, nada iba a devolvérselo. Habían pasado cuatro años y, como ellos ya habían digerido a duras penas la versión oficial, no quise hacerles retroceder en su duelo, me parecía inhumano.... Ya tenía yo bastante con arrastrar esa ira. Eso sí, en cuanto pude, me largué de aquí. La simple visión de la verja de Alegranza me ponía enfermo. Y no soportaba contemplar cómo mi padre seguía viniendo aquí a cuidar el jardín de la familia De la Vega.

Eché un vistazo a los arbustos de hortensias, al naranjo ahora vacío de fruto, al tejo enorme y a los rosales delimitando el final de la finca. Luego alcé la cabeza para seguir con la mirada el recorrido de la buganvilla que trepaba por la fachada de la casa. Casi pude escuchar las risas de Valentina, Celia, Rita y Constanza corriendo entre los árboles y las plantas, cuando sólo eran cuatro niñas acostumbradas a que el mundo girase en torno a ellas. En realidad, nunca había dejado de ser así: ni siquiera cuando Berta, María y yo nacimos dejaron ellas de ser las protagonistas.

Y así fue como me enteré de que lo que sucedió no había ocurrido nunca, porque mi abuelo, el hombre que escribía la historia de sus vecinos, consideró que tenía el poder de escribir también la historia de sus hijas, aunque fuera a fuerza de hacer tachones. Quiso quitarles un peso de encima a base de prohibirles recordar y lamentarse. Nunca se volvió a hablar en aquella familia acerca de la muerte de Juan, pero las experiencias pasadas, igual que la memoria olfativa o las manchas que deja el sol en la piel, siempre se empeñan en permanecer.

La tía Rita fue la única que consiguió ceñirse a los designios de su padre y, de hecho, esa fue la pauta que siguió el resto de su vida cada vez que su destino se torcía: no llorar, no quejarse, no hablar de ello. El silencio obligado, sin embargo, tuvo un efecto desigual en sus hermanas. La tía Valentina necesitó buscar un culpable que no fuera ella misma para que todo estuviera en orden, mientras que a la tía Constanza le tocó cargar con los remordimientos, sólo aliviados durante la época en la que tuvo al tío Hilario a su lado, porque para su marido el mundo se regía por normas especiales y le transmitió la idea de que detrás de toda desgracia había alguna suerte de explicación astrológica. Mi madre, por su parte, simplemente fue incapaz de procesar lo que había ocurrido y se movía entre neblinas tratando de buscar sentido a las diapositivas que aquel 4 de agosto de 1969 había dejado en su mente maltrecha.

Indiferencia, manipulación, culpabilidad, locura.

Rita, Valentina, Constanza, Celia.

Ellas eran la prueba de que lo que determina nuestras vidas no es tanto lo que nos pasa sino lo que hacemos con eso que nos pasa.

14

Acompañé a Armando hasta la verja.

—Gracias por venir. Realmente no sé si he hecho bien. Siento haber removido sus recuerdos. Pero necesitaba...

Me interrumpió.

—Lo entiendo. Y ahora, sigue con tu vida.

—Sí. Mañana vuelvo a Madrid. Creo que tengo una conversación pendiente con mi marido. El propósito, ya sabe.

Me guiñó un ojo y se alejó arrastrando los pies. De pronto ya no parecía tan ágil como el hombre que me había sacado de las rocas el día que llegué a Alegranza. Volvía a parecer lo que era: un septuagenario con muchas pérdidas a sus espaldas.

Cuando desapareció de mi vista, yo también abandoné los dominios de Alegranza. Necesitaba alejarme de allí después de todo lo que acababa de escuchar. Mis pasos me llevaron hacia La Atalaya y, a medida que me aproximaba al acantilado, distinguí la silueta de Celia de la Vega a lo lejos, mirando al mar. Se giró y me saludó con la mano.

Esa fue la última vez que vi a mi madre muerta.

15

Al día siguiente me encontré a mis dos tías desayunando en el jardín. Eran casi las diez de la mañana.

—No recordaba que durmieses tanto —me saludó tía Rita. Llevaba un pijama de rayas azules y blancas, como en los viejos tiempos.

Cogí una taza de café y me senté cerca de ellas, en el balancín con toldo descolorido y estructura de hierro, una reliquia que llevaba allí desde que mi memoria alcanzaba a recordar.

—¿Qué hiciste ayer? —me preguntó tía Constanza, con cara de preocupación y los ojos hinchados por la falta de sueño o el exceso de llanto—. Nos fuimos a la cama y aún no habías vuelto. No conseguí dormirme hasta que escuché la puerta.

—Nada. Pensar.

—Pues no pienses tanto —dijo tía Rita.

Miré al cielo despejado.

—Qué buen día hace. Ojalá que dure, que aquí nunca se sabe.

Tía Constanza asintió, pero su hermana arqueó las cejas como si hubiera dicho una bobada.

—Qué obsesión tan tonta con el buen tiempo. No hay clima más inspirador que el de París, que no se caracteriza precisamente por broncearte la piel. ¿Sabéis lo que dijo en cierta ocasión David Hockney?

Ni mi madrina ni yo respondimos, pero a ella le dio igual.

—Pues lo que Hockney dijo fue esto, prestad atención: «No puedes mirar al sol o a la muerte durante demasiado tiempo». —Acompañó sus palabras con un gesto inédito en ella, que consistió en apretar cariñosamente la mano derecha de la tía Constanza, como si quisiera transfundirle parte de su sangre.

Busqué en mi memoria los cuadros luminosos del pintor inglés, esas piscinas con palmeras al fondo y varias figuras cubiertas por el agua azul, y acaso un trampolín apenas esbozado, e imaginé que en eso consistía la filosofía vital de la tía Rita: en disfrutar de la tranquilidad que emanaban aquellos bañistas sin detenerse ni un solo minuto a pensar cómo habían llegado hasta allí, porque a quién diantres le importaba eso.

«No puedes mirar al sol o a la muerte durante demasiado tiempo», repetí para mis adentros, y me invadió una sensación de paz que hacía tiempo que no experimentaba.

Busqué otro tema de conversación.

—Tía Rita, por cierto, ¿sabes que he estado trabajando en la receta de un perfume? Bueno, en realidad no he llegado aún a ninguna parte, pero cuando lo haga estoy segura de que te gustará.

—¿Un perfume? ¿A mí? Si no soy capaz de distinguir los olores.

No entendí a qué venía esa broma.

—Venga ya. Si el perfume oriental que usas es inconfundible, es de los más reconcentrados que he olido jamás. Haba tonka y maderas, ¿a que sí?

Se echó a reír.

—Ay, Leandra. ¿Nunca te lo he contado? Es el perfume que eligió para mí una de mis amigas hace años. Dijo que era el que más me pegaba; según ella, una relaciones públicas que se precie debe tener una fragancia propia. Me aplico cuatro o cinco vaporizaciones a diario como quien se echa colirio en los ojos, porque yo no puedo olerlo. Tengo que tener mucho cuidado de acordarme de que ya me he perfumado, porque si lo hago dos veces seguidas yo no me entero de que me he pasado con la cantidad... Es que justo el invierno siguiente al accidente de Juan pasé por una sinusitis que acabó derivando en anosmia.

Se percató de mi cara de póquer.

—Anosmia, Leandra: pérdida del sentido del olfato.

Recordé las palabras de Peltier: «En la vida nos lo pueden arrebatar todo excepto nuestra memoria olfativa; cada uno de nuestros recuerdos está asociado a olores».

De modo que en el caso de la tía Rita no era así... Por eso a ella le costaba tan poco desprenderse de los recuerdos, al contrario que mi madre, que siempre había tenido una sensibilidad especial para distinguir el aroma de las flores cuyos nombres me enseñaba con vocación de botánica.

—¿Sabéis lo que vamos a hacer ahora? —dijo tía Rita, incorporándose de un salto—. Vamos a hacer un poco de limpieza en esta casa, que he visto trastos viejos por todas partes. Empezando por esa horrible acuarela que te regaló Valentina, Constanza, que ya me he dado cuenta de que sigue colgada en tu habitación. No sé por qué nuestra hermana se empeñaba en pintar, si lo hacía fatal.

Casi no escuchamos estas últimas palabras porque ella ya se dirigía con actitud decidida al interior de la casa.

Yo abandoné el balancín y me agaché junto a la tía Constanza, que seguía sin moverse ni decir una sola palabra, triste y desamparada.

—Creo que tiene razón. Ya va siendo hora de que duermas sin tener que ver cada noche ese precipicio que tanto daño os ha hecho a todas.

EPÍLOGO

La vida sería más llevadera si dispusiéramos de una segunda oportunidad.

Miguel Delibes,
Señora de rojo sobre fondo gris

—Y dígame, ¿cuál es el tema central de su composición?
—La hortensia. Hortensia azul, para más señas.
Jean-Luc Peltier sonrió con desdén.
—Ni azul ni violeta ni nada: la hortensia carece de olor. *Pas d'odeur!*
—Sí, lo sé, es una de esas flores que llaman «silenciosas». Pero también lo es la amapola y eso no fue impedimento para que se convirtiera en la inspiración de *Flower by Kenzo*. Como usted sabrá mejor que yo, ese perfume lleva dos décadas vendiéndose con éxito, así que intuyo que reproducir un olor que en realidad no existe no debe de ser tan mala idea.

Peltier mudó la expresión de su cara. Ahora parecía orgulloso de mí, de la aficionada que había elegido de manera aleatoria para transformarla en su pupila, en la persona que continuaría con su legado de perfumista. Cualquiera diría que le causaba regocijo que yo no me amilanase ante sus zancadillas, sino que, por el contrario, las regateara con deportividad y saliera de ellas con un punto adicional en mi marcador.

—Ah, *Flower by Kenzo*... Una fragancia *superbe*, sin duda alguna, todo un icono. Inocente y voluptuosa al mismo tiempo, es como sentarse frente al tocador de la abuela para empolvarse la nariz antes de asistir a un concierto de música heavy. El maestro Alberto Morillas reprodujo el aroma imaginario de la amapola a partir de bayas rosas, vainilla bourbon, rosa búlgara, violeta de Parma, almizcles blancos y espino. Una mezcla exquisita y bien balanceada, ya lo creo que sí... ¿Sabía que para la composición final el autor necesitó nada menos que trescientos doce ensayos?

—Yo no he llegado a tanto, lo mío sólo es un boceto. Tendría que trabajar mucho más el tema de las concentraciones, claro, necesitaría al menos un año más para desarrollar la fórmula definitiva.

—Por supuesto. No pretendería usted crear una fragancia en el plazo de un verano, qué atrevimiento, si ni siquiera cuenta con un laboratorio adecuado para trabajar... Pero continuemos, ¿a qué olería su hortensia, en qué ingredientes ha pensado exactamente para definir esa flor y de paso definirse a sí misma?

Tomé aire antes de comenzar con mi exposición, igual que si estuviera a punto de saltar a una piscina olímpica para nadar varios largos.

—Olería a madreselva, aunque me gusta más su nombre en inglés, *honeysuckle*, miel para amamantar, si me permite la traducción libre. La madreselva es lo que le daría una madre a su hija pequeña para que viera el mundo desde un prisma más dulce; no hablo de una madre cualquiera, sino de una madre incomprendida, con una sensibilidad especial.

—Ajá. Continúe.

—Mi perfume también llevaría lavanda, como la que utilizan para perfumar los armarios esas personas maniáticas del orden y a las que les gusta coleccionar objetos que en apariencia no sirven para nada. La lavanda es para mí el aroma de las personas que quieren tenerlo todo bajo control y siempre andan buscándole una explicación a las cosas que no la tienen.

—Es una apreciación original, desde luego. ¿Qué más?

—Haba tonka, por darle un toque especiado, exótico, que evoque el interés por conocer otras culturas hasta el punto de estar dispuesta a abrazar una nacionalidad diferente de la propia. El haba tonka te permite disfrazarte de lo que no eres, contar la historia a tu manera. Como si, a pesar de ser española, colgases una bandera francesa en tu balcón, ¿entiende?

—No estoy seguro. Pero siga, siga. Me estoy divirtiendo.

—Otra esencia clave de mi perfume sería la rosa, pero no la búlgara ni la centifolia de Grasse que usted venera, ya me perdonará, sino que estoy pensando en una rosa silvestre, más pequeña y vulnerable, de esas a las que se les desprenden los pétalos si no las tratas con muchísima delicadeza. Del tipo de rosa que se lleva todos los golpes de los paseantes descuidados, y que se comba con el peso de las gotas de lluvia, como si rompiera a llorar. Bueno, me estoy poniendo un poco cursi, pero usted ya me entiende.

—Rosa silvestre, lo capto, de acuerdo.

Sonreí para mis adentros. La madreselva que me daba a probar mi madre, la lavanda con la que tía Valentina inundaba sus armarios, el haba tonka que conformaba el perfume que tía Rita era incapaz de oler, la rosa multiplicada en las paredes del cuarto de tía Constanza. Mi error inicial había consistido en tratar de elegir a una sola de las hermanas De la Vega.

Pero aún faltaba mi parte.

—Mi hortensia azul también olería a musgo, a días húmedos en los que no deja de llover y el agua repiquetea en los tejados de las casas de aldea y te invade la melancolía. Y a datura, por supuesto: recuerde nuestro primer encuentro, cuando le confesé mi atracción por este ingrediente de aroma tan embriagador pero que, mal empleado, podría tener consecuencias mortales, como cuando nos asomamos a un acantilado para contemplar la belleza del paisaje sin tener en cuenta que un simple traspié podría desembocar en un desenlace fatal.

—Insiste con la datura... Creo que sólo Serge Lutens ha sabido manejar esa nota sin que le explotara en las manos. Pero respeto su coraje.

—En fin, estos que le acabo de enumerar serían los mimbres principales de mi perfume, aquí tiene el resto de los ingredientes, son cuarenta en total.

Jean-Luc Peltier sacó del bolsillo de su camisa unas pequeñas gafas con la montura plegable y, después de colocárselas un poco torcidas delante de los ojos, se detuvo a examinar el documento que le entregué.

—Un *fougère* con toques florales y un punto oriental —resumió—. Bien, es un comienzo. Ahora ya me ha contado casi todo lo que necesitaba saber sobre usted. Pero, si le soy totalmente sincero, aprecio unos cuantos desequilibrios en esta fórmula. Podemos ir puliéndola juntos en mi laboratorio de Grasse, si le parece bien. Será su particular máster en perfumería y encima le va a salir gratis. Verá lo interesante que es trabajar a dúo, sobre todo cuando se trata de dos *narices* de sexos y edades diferentes: en esos casos, los matices se multiplican. Discutiremos mucho, eso se lo garantizo, pero también aprenderemos. Bueno, usted aprenderá más que yo, obviamente.

Al hablar, juntó las yemas de los dedos de sus manos derecha e izquierda, formando un triángulo con ellas a la manera en que lo hacen los políticos cuando se disponen a hacer una declaración televisada. Pero la figura geométrica se le derrumbó al escuchar mi respuesta.

—Esa es una de las cosas que quería contarle, que no voy a convertirme en perfumista, ni siquiera voy a intentarlo. Le guardo demasiado respeto a ese oficio, ni en un millón de años lograría dominar lo que hace usted. No se crea que no me atrae la idea, pero pienso que es más fácil enamorarse del concepto abstracto ligado a su profesión, de todo el romanticismo que le rodea, los frasquitos con esencias y toda esa parafernalia, que del hecho de ejercer ese trabajo día a día. No me veo capaz. Le agradezco la confianza y no sabe de cuánto me ha servido reflexionar acerca de mi fórmula olfativa, pero yo no soy la persona que busca para sucederle. Conmigo se llevaría una decepción, se lo aseguro, y no voy a exponerme a sentir que no estoy a la altura. Además, tengo otro proyecto en mente en el que necesito volcar todas mis energías.

Peltier atendía a mi perorata en silencio. De pronto parecía un pajarillo al que acabaran de arrojar un vaso de agua por encima. Se sacudió las plumas como pudo y, todavía empapado por la desilusión, me dijo:

—¿Y cuál es ese otro proyecto, si puedo preguntarlo?

—Ah, bueno, nada que a usted le pueda parecer muy glamuroso... La familia de mi madre tiene una casa de indianos en Asturias, ¿sabe? Se llama Alegranza, no me diga que no es un nombre original, se lo puso mi abuelo. Tengo entendido que eso fue lo que gritó el conquistador Juan de Bethencourt cuando vio por primera vez las islas Canarias: «¡Alegranza!». La casa necesita una buena reforma, eso es verdad, pero tiene grandes posibilidades. Después de invertir un poco de dinero en ella, mis dos tías y yo planeamos abrirla como hotel rural. Yo estaré al frente. Estamos pensando en algo pequeño y muy cuidado, sólo seis habitaciones, ocho a lo sumo. Esa casa necesita vivir nuevas vidas para dejar atrás las que ya ha vivido, y este es un buen momento para darle esa oportunidad: me atrevo a pronosticar que el norte de España será el lugar donde la mayoría de los europeos quiera pasar sus vacaciones dentro de una década, ahora que cada vez hace más calor en todas partes.

Mi interlocutor estaba ahora desconcertado, casi ofendido.

—Toda esa historieta del conquistador está muy bien, pero ¿me está diciendo que renuncia al reto que yo le he propuesto y que además va a dejar la revista para convertirse en empresaria, peor aún, en hostelera? Leandra, es usted una persona creativa, no hay más que cruzar un par de palabras con usted para darse cuenta de ello. ¡Necesita expresarse de una manera más o menos artística o se acabará muriendo de aburrimiento!

—No se preocupe, no me voy a pasar allí todo el tiempo gestionando reservas y enviando sábanas a la lavandería,

¡ni hablar! Viviré a caballo entre Asturias y Madrid y además seguiré escribiendo. Pero por mi cuenta y a mi ritmo, sin depender de nadie, hoy hay nuevas formas de hacerlo gracias a la tecnología... Creo que lograré sobrevivir. Igual soy una ilusa, quién sabe, pero tengo una fe ciega en que las buenas historias, como los buenos perfumes, siempre seguirán haciendo falta. Todos necesitamos concedernos un lujo de vez en cuando para que la vida sea más soportable, y las historias y los perfumes son de los lujos más accesibles que conozco.

Pagué la cuenta y le di un abrazo de despedida a Jean-Luc Peltier. Él aprovechó la cercanía para susurrarme al oído:

—Muguete.

—¿Cómo dice?

—En ese horrible hotel rural que pretende abrir, asegúrese de que siempre haya muguete. Christian Dior solía coser unas ramitas de esa planta en los bajos de los vestidos de sus modelos, antes de los desfiles. Decía que le daba buena suerte. Si a él le funcionó, por qué no a usted.

Le agradecí el consejo y le dejé en aquella terraza del Círculo de Bellas Artes en la que le había citado. Luego cogí el metro. Me bajé en la estación de Bilbao, abriéndome paso entre la multitud. La tranquilidad de Colunga estaba bien, pero yo había echado de menos el bullicio y el asfalto, y hasta el hecho de tropezarme con los viandantes, siempre acelerados aun siendo domingo. Esa mezcla —la calma radical unos meses del año, y los viajes y el ritmo desenfrenado, otros— era a lo que yo aspiraba para dejar de sentir continuamente que me encontraba en el lugar equivocado. Tal vez no había un único lugar para mí en el mundo.

Desde la estación de metro caminé un par de minutos hasta llegar a la plaza de Olavide, atestada de gente a esas horas de la tarde, como casi todos los puntos de encuentro del barrio de Chamberí. Sentado ante una mesa metálica, de espaldas a mí, distinguí la silueta de Álvaro. Tenía el cuello enrojecido por el sol que le estaba dando de lleno, así que mientras me aproximaba a él rebusqué en el bolso hasta dar con el envase de fotoprotector que siempre llevaba conmigo y, al llegar a su lado, lo primero que hice fue embadurnarle de crema. Se giró y me miró con gesto burlón, dándome a entender que mi inquietud por las posibles quemaduras solares rayaba en la hipocondría. Luego me dijo:

—Para tu información, ya he dejado un par de maletas en tu casa. Vas a tener que hacerme hueco en tu armario, aviso. Antes de deshacerlas me moría de ganas de tomarme una caña bien fría. Aquí la echan como en ningún otro sitio de Madrid. No, si al final vas a tener razón en lo de que me va a gustar vivir en este barrio...

Sonreí. Era 15 de septiembre y en el aire flotaba un aroma de curso por estrenar. Hacía más de un año que Álvaro y yo nos habíamos separado, pero aquello había sucedido un mes de julio y el abuelo, al fin y al cabo, tenía parte de razón: lo que ocurre durante el verano pertenece a una realidad paralela que no tiene por qué determinar el resto de nuestras vidas. Todo lo que nos pasa se puede reescribir; sólo hace falta tener la voluntad de hacerlo.

Aquel mes de septiembre de 2019, en el que todo empezó de nuevo, fue cuando comprendí que yo no tenía por qué acabar convirtiéndome en mi madre, ni en Valentina, ni en Rita, ni en Constanza. Que no había ningún gen de la locura que me acechase y contra el que no cupiera nada más que la rendición. Que probablemente yo siempre llevaría dentro algo de cada una de esas cuatro mujeres, como los distintos ingredientes que componen un perfume, pero que la fórmula definitiva sólo dependía de mí. Y que, como me había dicho tía Rita el día que me entregó los cuadernos forrados de tela verde, la historia que ellas habían vivido era sólo suya, y nadie podía pretender que yo heredara sus consecuencias.

Nota de la autora

Todos los personajes de esta novela son ficticios. Sin embargo, los diálogos y apreciaciones de Jean-Luc Peltier se nutren de las entrevistas y encuentros que he mantenido con distintos perfumistas y expertos en fragancias a lo largo de mi carrera profesional como periodista. Por ejemplo, el truco de limpiarse la nariz diariamente con agua de mar para preservar el sentido del olfato me lo contó Daphné Bugey. La frase de que «llevar un perfume equivocado es igual que ponerse el vestido del revés» se la escuché a Frédéric Malle. De una conferencia virtual organizada por este último junto con Jean-Claude Ellena, Anne Flipo, Pierre Bourdon, Dominique Ropion y Maurice Roucel extraje otros datos, como el de que Edmond Roudnitska fue el primer *nariz* que se autodenominó artista, frente a la visión tradicional del perfumista como artesano. Ellena es, por cierto, el autor del *Rose & Cuir* que se menciona en la novela, mientras que Serge Lutens firma un perfume cuyo nombre es *Datura Noir*. Y, tal y como comenta el personaje de Jean-Luc Peltier, Alberto Morillas es el creador del

Flower by Kenzo, inspirado en la amapola, una flor sin olor. Olivier Polge, perfumista de Chanel y a quien tuve la oportunidad de entrevistar en la joyería de esta firma situada en la place Vendôme de París, fue quien me transmitió que hacen falta unos diez años de práctica para convertirse en *nariz*. El documental *Nose*, que retrata el trabajo de François Demachy (perfumista de Dior y a quien también he tenido la suerte de entrevistar), me ha brindado reflexiones como la de que «el perfume tiene un idioma que todo el mundo entiende pero pocos hablan». Y a Rodrigo Flores-Roux le tomé prestada la expresión de que «las musas no vienen a ti, hay que correr detrás de ellas». Por último, en la web y las redes sociales de la Academia del Perfume —institución que realiza una notable labor para difundir la cultura de los aromas en España— he encontrado información muy útil sobre los distintos ingredientes que se emplean en la elaboración de fragancias.

Agradecimientos

A mi editora, Virginia Fernández, por creer en mí y por sus valiosos consejos que siempre me ayudan a reencontrar el camino.

A Marta Díaz, por facilitarme información sobre la Alegranza real, la pequeña isla de origen volcánico que se encuentra en Canarias. A Teté Díaz Dapena, por compartir conmigo algunas experiencias que me ayudaron a recrear una de las escenas de la novela. A Nicolás Fernández-Miranda, por su asesoramiento en materia jurídica para lograr que la tía Constanza no fuera a la cárcel y aun así la historia resultara verosímil. A Javi Vega-Arango, por aportarme el punto de vista definitivo que me ayudó a decidirme entre dos posibles portadas. A Antonio Terrón, por ponerme ante su cámara después de tantos años trabajando juntos detrás de ella.

A mis padres y mis suegros, por permitirme invadir sus casas de Castiello de Bernueces y Caravia, respectivamente, entre cuyas paredes se gestaron muchas de las páginas de este libro durante un año, el 2020, que cambió tantas cosas.

Y a José, por la idea del propósito, por enseñarme cómo se llama cada planta y por seguir formando equipo conmigo diez años después.

FIC FERNANDEZ-
Fernández-Miranda,
María
El verano que nos
volvimos a Alegranza

01/11/22